散落的阳光

何晓李 著

民主与建设出版社
·北京·

图书在版编目（CIP）数据

散落的阳光 / 何晓李著 . -- 北京：民主与建设出
版社，2022.10

ISBN 978-7-5139-3943-0

Ⅰ.①散… Ⅱ.①何… Ⅲ.①散文集－中国－当代
Ⅳ.① I267

中国版本图书馆 CIP 数据核字（2022）第 156017 号

散落的阳光
SANLUO DE YANGGUANG

著　者	何晓李	
责任编辑	周佩芳	
出版发行	民主与建设出版社有限责任公司	
电　话	（010）59417747　59419778	
社　址	北京市海淀区西三环中路 10 号望海楼 E 座 7 层	
邮　编	100142	
印　刷	三河市同力彩印有限公司	
版　次	2022 年 10 月第 1 版	
印　次	2022 年 10 月第 1 次印刷	
开　本	710 毫米 × 1000 毫米　　1/16	
印　张	14.5	
字　数	200 千字	
书　号	ISBN 978-7-5139-3943-0	
定　价	59.80 元	

注：如有印、装质量问题，请与出版社联系。

目　录

第一辑　倾情讲述

彷徨

一

我到底该何去何从？

谁又能举起一盏灯照亮我的眼睛？

我用祈求的表情仰视夜空，可是夜空呈现出可怕的迷茫。我听不见呼应我的回声。

我像一只受伤不轻的鸽子找不到一个正确的方向；浓浓大雾紧紧包围着我，一切都很冷漠、很冷漠。我从未见过像 1999 年这样令人感到窒息的冬天。我有一对年轻的翅膀，可我竟无力飞翔。而且，我似乎只能歇落在川西北浅丘丛林一隅……

此前，一年来，我一直苦苦折腾着，一心想在混乱中找到次序。

我只不过想在我的第二故乡发挥一个中专生应有的光和热，可我竟成了一只可怜的皮球在上下层领导人之间给踢来踢去——上面要求下面在我的推荐表上签字盖章，下面要上面直接派遣，反正把我悬置起来。我并不甘心，可是，求索了一年多却没有任何结果。及至新千年来临之前，我还被四通职介所骗去了60块钱。我实在觉得身心疲惫，这才回到了蜗居。

都是因为我太想得到一份工作了，所以我的心变得浮躁不安，所以我白花了不少血汗钱。在无用的奔波中，我浪费了大好青春。虽然偶尔也凑一点文章寄出去，但是我无法以平静的方式去写作，所以总是有去无回。

我的专业知识没了用武之地，我的文学梦遥不可及，我的生活没有着落，我该干什么好呢？我还能干什么？我的书真的白读了，正中一些世俗之人下怀。难道我真的生不逢时？难道我不该奋发读书并学习水工专业？

少年时代，我曾自恃非常坚强。由于我强大的自尊信念以及刻苦精神使然，在1994年盛夏中考时，喜获全县第三，从千余名考生中脱颖而出，所以才能带上一份莫大的荣耀跨入四川省水利电力学校高高的大门。但是而今看来，我似乎有一些怯懦了。我并没有做错什么，但现实的种种不公平会加在我身上，这是为什么？我心有怨恨，我不该怨恨。

我的命运宛若一片飘坠的黄叶，在寒流之中和凛冽西风共舞。我还这么年轻，我不该那么失落；我还有的是希望，我应该调整好心态重新振奋起来。新千年之春就在前面不远，为什么又不可以迎来一个崭新的开始呢？

二

2000年春天，在年关前夕就早早地来到了。之前，大雪飘舞了多日，明媚的阳光映照在正渐渐消融的冰天雪地，我迎着习习冷风踩踏出一条泥泞小路，走向春天。

春天来了，我感觉一切又都是新的，而且，我行走的步伐不像以前那样沉重了。

尤其让我欣慰的是一夜和风吹红了桃花之后，我找到了一份做推销员的工作。刚一开始，我想不妨干上一阵子，挣一点钱补贴我的自考之需。为此，3月30日黄昏，我像一朵浮萍在车水马龙的大街上行走。我将在江油小城过夜，虽然不是第一次，但是孑然于并不太陌生的城市里依旧如匆匆过客。我是多么希望有一个真正认识我并且十分友好的人跟我说上一阵话。我不时用目光在人群中寻觅，但一无所获。

不知不觉，我已走到华丰桥头。猛一抬头仰视天空，我竟在李白石像下面不远处停住了脚步。我崇拜他的浪漫主义诗风，当然，我应该冲他高大的石像行注目礼以示敬意。高高在上的李白石像做工一定很是精巧细致吧！可惜天将入夜，光线暗淡得我只能见识一个凝固在半空中的"举杯邀明月"的豪迈动作。我想看一看李白的眼睛，从而知道他在遭遇太多不幸之后，是不是真正可以开怀畅饮，以示看淡尘世恩怨。我也有着相当的不幸，虽然我正值弱冠之年，但是风尘洗礼一次次扑面而来。我很想问一问李白，是不是每一个处在不幸困境中的凡人都鲜有人与之同在？我个人就有一种孤孤单单的感觉，即使在人潮汹涌的地方。

不久以前，我在电话亭里打了一个长途电话给在省政府工作的梁哥。之所以想起梁哥，不是因为他是我父亲大嫂大姐的女婿，不是因为他说他和我是自家兄弟，而是我愿意听他亲切的话音。我想以书信方式诉说我的心中苦涩，不是图感动梁哥。我只盼梁哥安慰并鼓励我一番。我不会哭鼻子，我是一个男子汉，我应该有勇气面对人生风雨，走出一条属于我自己的生活之路。可是在话筒另一端传来梁哥的声音跟变调了似的，他说："不用写了，县官不如现管……"我放下话筒，一阵莫名的失望。我暗中发誓，将来一定要混出个人样子。转念一想，对一个孤独者而言，只要生活的勇气还在，痛苦也可以化成人生强大的动力。

夜幕降临，华灯一盏盏亮了起来。

我进了一家小食店要过一碗泡粉丝胡乱吃了，然后花三块三住进了绵江饭店最低档的客房。我得从最节省的角度考虑食宿问题。但不管怎么说，我吃了一点东西，并且不会在街边露宿。

独自穿过一段幽暗的过道，一个老女人引我找到了房间。一进门，一股子酸气扑鼻而来。在窄窄的空地上乱扔着一些纸屑和果皮之类的垃圾，我还没表示不满，那个老女人连忙作解释说是房客刚丢下的。我处在了生活的最底层，我不该有许多意见。我将和几个卖徽子麻花的小贩住在一起。

我在高悬的电灯光下掏出背包里的一本自考书想看一会儿，但是：屋内外不断有人进出；有人在过道里喧哗；有人在大声放电视；大门口歌舞厅里的摇滚音乐从楼房向平房冲落下来……我只好将书又放回背包。我坐靠在床头，闭上眼睛想小睡一会儿，却又禁不住想起昨天下午发生的事情。

三

昨天是 3 月 29 日。

3 月 29 日上午，我仍在等一个叫艳婷的女孩子。她不是我的初恋情人，但她曾是我的好友，所以，我要写一封信给她。我需要一份诚挚的关怀，而不是怜悯，在我咬牙站立起来之后，会有一个人微笑着走来，嘘寒问暖。

在极大的困惑中，我想知道谁仍是我的朋友以及我还能做谁的朋友这两个问题的现实答案。我隐约感到已没有可以谈心的朋友，进而鉴于我处境的颓唐以致让人小瞧起来。

艳婷没有来找我，连一封信也没有，我白等了一个多星期的时间。我还不可以责怪她，也许她工作很忙。

到了3月29日下午，我不得不顶着一轮火红的太阳从小镇赶往江油小城。我将去帮一家外地来江油的私营企业推销一些只领到食准字号批文却有治疗顽疾功效的酒类。我还没想好，我心中没底，却挎上个背包匆匆上路了……

我上了一辆停在小镇三岔口的半新旧中巴车。我在车厢右侧街道边沿大约在离车门两排座位之隔的窗边坐下来。刚坐一会儿，一辆飞奔而来的摩托车在窗外戛然而止。我心头一惊，跟在一个陌生小女孩后面上车来的一个剪了齐耳短发的年轻女子竟是艳婷。我们的目光碰在了一起，我期待艳婷那张丰满的脸上浮出一朵温柔的笑容之花，赶走漠然。

相视一会，艳婷不言不语并且仍是一脸漠然，若无其事似的挪开了视线，扭身在我斜前方坐了下来。这时，车厢里乘客很少，所以空位很多，座位是可以随意选择的。

我注目艳婷的背影良久。良久之后，我的目光只好垂落在车厢的地板上，扫视乘客上下带来的灰尘。少时，我又将目光转向车窗外，一任汽车在碎石路上驰骋，我的思潮在金黄的油菜花丛与碧绿的麦浪之间波动起伏……

艳婷怎么可以对身材高大的我视而不见？我们似乎已形同陌路。可是因为人生变位使她在一个副市长的帮助下顺利地进入一家大医院当了护士，而我离开学校却成了个盛世浪人呢？以前，三个月以前，我们好像还是很好的朋友。而今，我写给她的信一定被扔进垃圾桶里了。我想责问她，但我的语言停滞在喉结，我似乎张不开口说一个字，更挪不动身子。

在车行与暂停之间，我和艳婷无语。

在我心灵遭受过重创后，艳婷不认识我了。可我还对她有过一份殷切的期待。我希望这只是误会，希望她用纯情消除我的思想褶皱。回忆往事，她没少来我家；要是以往同车，她会争着给我买票……

车进北站后，我像一阵风从艳婷身边溜过，迅速跳下车厢，之后头也不回地径直奔向公交车候车亭。我想以最快的方式躲开艳婷这个冷冰冰的女子。

无奈公交车迟迟没来。蓦然回首，艳婷一手拖着那个小女孩也不紧不慢地走过来，并且站在我旁边。她那张用化妆品虚饰过的脸上挤出一抹勉强的笑意，这一来，艳婷那张苍白的脸似乎不再苍白了。艳婷故作惊讶地问：

"你坐哪趟车来的？"

我也闪烁其词做出反应，说："坐2路车到华丰桥。"

"你跟我同一趟车吗？我好像看见了你。"

我回复道："好像是吧，我也看见你了。"

她看我背上有个行李包，又问："你要去哪儿？远吗？"

我招呼过一辆人力三轮车，支吾着说："我先走了。再见。"

在市自考书店门外，我想起了一本书，名叫《促销策划与实务》，便招呼了三轮车夫停下等我一会儿。当我急急忙忙看好书价准备掏钱时，我惶恐地发现口袋底部有一道开口。我马上去触摸西服外套的其余口袋，通通被刀片划破了。我恍惚记得跟我同排坐的一个看起来挺斯文的小伙子，说他晕车要吹吹窗边的风，于是，我跟他换过一次位置。百分之百地说，他就是那个该死的扒手。这会儿已是追悔莫及。怪只怪我当时为一个对我冷如秋霜的女子心乱如麻。

怀揣一颗遭洗劫得空空如也的伤心，我一边自嘲，一边愤愤地往家居的小镇奔去……

一路风尘洗面。下车之后，时渐黄昏。在经过村委会张嫂半年前才开张的代销店附近时，我被叫住了。张嫂说她那口子取报纸时带回了我的信。我在代销点外的长椅子上坐下来，张嫂喊道：小敏，快把你何叔叔的信拿来，在报纸上面。一转眼，那个瘦弱的小女孩小鸟似的飞出屋子交给我一只厚厚的牛皮纸邮袋。

借了淡黄的夕照，我在路上拆开邮袋，里面是一本《北方作家》杂志。来自遥远的乌海的一缕暖流注入我悲凉的心里激起动人的涟漪。在这个世界上还有人在乎我。我荣幸地成了《北方作家》编创室一名特邀作家。我还能当一名作家？我有点不敢相信这是真的。把我当作家予以尊重的是有相当名望的《北方作家》期刊编创室从未见过的师友。我失落了好久的梦想终于又找回来了。我应该有信心，我应该有潜力，我应该有机会圆了我的文学梦。

四

熬到3月31日黎明，我便带上昨夜点燃的瞩望，匆匆回到了家居的小镇。

我放弃了当一名推销员的机会，因为我担心在做别人发财工具的同时，我的青春在大街小巷流浪，到头来我的梦想会荒芜于无奈的楼群之间。

我不是一名作家吗？我的目光在散发浓郁墨香的字里行间穿梭，得见文朋诗友纷纷著书立说，我由衷地感到惭愧和羡慕同时在心里冲撞。对我来说，立足于乡土，我不会饿肚子，穷是穷了一点，但重要的是我能握紧手中笔打造出证明我文学实力的作品。

当夜色掩起正春意浓绿的木窗外之后，我看到远山有人挑亮了一盏灯，而在九天之上还高悬着一颗寒光闪闪的北极星……

感恩的心

感谢天，感谢地，感谢命运……

在一首歌的带领下，突破尘世风雨苍茫。迎来我们生命中最重要的时刻——从黑暗中脱颖而出，我们从不同地方发出响亮的哭声。这哭声是我们醒世的第一次啼哭，是我们感恩的喜悦与痛感的合成，是我们生平第一次心情最自然的放纵。母亲十月怀胎，而后，经历生死考验的娩痛；而父亲的劳碌奔波以及担心害怕，在我们迎来新生的时刻达到了紧张的极致；还有医护人员以及亲朋好友的不遗余力的帮助；还有更多因而欢喜和忧伤的人们，让世界变得丰富多彩……

可以说，从一开始，我们幸运地来到这个其实纷纷扰扰的世界，爱，让人情不自禁想要说一声：谢谢！而且，我们需要感谢的人很多，我们需要感恩的事情很多，多到数不胜数，从细微到宏大，逐渐展开丰满的人生……

而后，我们相信：我们是世界的，世界是我们的。而这世界一切的美好，不仅仅因为我们心中有爱和感恩，还有我们因此而无怨无悔地奉献心血和劳动，回报世界给予我们的深情厚谊……

作为中国人，我们有幸降临到拥有五千多年文明的中华大地一角。壮丽的山河，丰厚的文化底蕴，众多的英雄，众多的传奇，让我们也成为神话的一部分，悠久地传承。感念我们生命的源泉，这是我们生命的一部分。而在水深火热的近代，中国处在最悲惨的境地里，中国共产党带领亿万中国人民找到了方向，经历了二万五千里长征，经历了与帝国主义、军阀、土豪劣绅长期的浴血奋战，才迎来了翻身解放的新天地。对于缔造新中国的无产阶级革命先烈，我们在享受他们带来的革命胜利果实的时候，也由衷地热泪盈眶……

一路成长，跟随新中国追梦的步伐，挣脱贫困，解决温饱问题，迎来自由舒展的新时代，奔小康，建设美丽的家园，建设富强的国家，书写一个个人类文明的奇迹，为中华民族重新崛起而努力奋斗。一路成长，风风雨雨的洗礼，火热阳光的锻炼，嘲笑与鼓励，扑面而来，我们摸着石头过河，无法拒绝沿途的经验教训，无法拒绝坎坷曲折以及荆棘丛生，无法拒绝披星戴月，砥砺奋进。内心总是充满感激，百转千回，荡气回肠，意念坚韧，因感激而充满正能量。常常，午夜梦回，一股热泪汹涌而出，那一刻，我们并不悲伤，因为我们被莫大的喜悦牵引……

曾经几度彷徨，我们已很难说清其中滋味！

五味杂陈的经历，这就是人生！

喜怒哀乐的感受，这就是人生！

从艰苦的边角地带向梦想发起冲击，这就是人生……

于最贫寒的土地上耕耘春夏秋冬，种植琳琅满目的庄稼，感同身受为我们带来五谷给养的纯朴的父老乡亲，他们经历的艰难困苦，他们呕心沥血付出了很多，很多……

人生啊，充满学问，充满智慧，充满哲理！

滚滚红尘，唯有懂得感恩的人才能微笑面对一切困难，才能乐观豁达地面对沧海桑田的变迁，才能更深切地体会到生命的卓越意义。

对父母、对故乡的感恩，因为骨子里流淌的血，那是父母殷切的期待，那是故乡悠远的河流，在生命里魂牵梦萦。来自故乡的元素，来自故乡的滋养，乡愁二字与生俱来，而我们一辈子都在追寻的漫漫长路上。

有太多的理由，值得我们去感恩。其中一个，也足以覆盖我们遭遇到的不幸和悲伤，瞬间治愈疼痛的折磨。

生于天地间，能够发出一声啼哭，而后，我们从不同角度睁开眼睛，观望满是新奇的世界。能以人的姿态在天地间走一遭，我们是何等的幸运。能在充满变幻的人间度过数十年，我们是何等的幸运。能在春夏秋冬的更替里茁壮成长，我们是何等的幸运！

我们的幸运，超越了美丑，超越了贫富，超越了地域的界限——一生被深深地眷顾，命运之神有着足够的耐性，关注我们的一举一动……

在天地间，除了索取——向自然、向社会争得一席之地，还有比这更精彩的部分。世界给予了我们很多、很多，有形的和无形的力量注入我们的灵魂，这也是我们必须感恩的缘由。善意良知使然，人之初心使然，世界正因为我们怀抱一颗颗感恩的心而无比美好。忽略节日的闹腾，忽略野心的膨胀，我们都回归小小的自己，像一些明净的雪，那么单纯；新生的美从我们单纯的内心亮起烛火，被阳光涌入，而后再满怀欣喜地迎来季节崭新的辉煌。美梦和追求都从春天开始……

想想，作为人，尤其是作为中国人，我们生活在幸运的 21 世纪，徜徉于精彩纷呈的信息时代。五千年文化积淀的土地，抚育我们，向我们展开盛世繁华。悠久的民族底蕴和自豪感，龙的子孙，英雄的子孙，炎黄子孙，为我们贴上无数荣誉的标签……

黄河，长江，青藏高原，泰山，美丽的江南——西湖、杭州等是我们美丽家园的一部分。以凤凰的骨骼为框架，生长出壮丽的山山水水，龙的神魂在我们的内心奔腾不息。从屈辱的近代史中傲然挺立起来，我们的中国梦在崭新的21世纪，鹏程万里……

在善于创造人间奇景的中华大地，扎根、生长、盛开，像一棵棵生命力顽强的树，像一只只追逐明媚阳光的小鸟，我们徜徉于充满意趣的东方文明古国，展开繁荣富强的现代文明，展开绚丽多彩的梦之图腾……

静下心来，思考——给予我们生命的母亲是伟大的，给予我们成长的师长是伟大的，给予我们鼓励的朋友是伟大的，给予我们美好生活的世界是无比美妙的。我们由衷地感恩，把感恩二字深刻进骨子里，成为人生的指引，成为后世的碑铭。而有了这样的情感，我们眼中的每一天甚至每一时刻，都值得珍惜和拥有……

我们也因为拥有无比虔诚的感恩之心，所以，无愧于仰望浩渺苍穹闪烁的群星。那些幽兰的星光，芳华无限，注入我们生生不息的源泉。晶莹漂亮的雨点，从琼楼玉宇下来，驾驭云朵，飞越万水千山，赋予一个个崭新的春天，千万条河流从通泰的胸怀放纵而出，纵横驰骋，时光因而每一度都闪耀着精彩的光芒……

从我们眼中闪动的每一朵浪花都是无比美丽的，都是彩虹的一个缩写。而这些美好幻化为具体的文字，成为诗，成为歌，成为词，成为赋，成为华丽的篇章……情到深处，我们也在某一刻忽然不知道怎样形容自己的心情，因为对于世界的感恩，太多的语言在我们的脑海里自由奔腾，高低错落，整个情感世界也变得精彩纷呈……

走向世界，我们甘愿做有良心的人，索取的野心和欲望从狂躁的尘埃里收敛，继而向世界展现善意的微笑。我们为世界做些什么呢？做有益于广大人民幸福安康的事情，做有益于祖国蓬勃发展的事情，做有益于世界和平的事情，为伟大中华民族复兴而贡献毕生心血和力量……

具体到从小事做起，做文明的现代人，热爱和保护我们的生态环境，用满满的爱去珍惜平生遇见。做好自己，崇尚虔诚的学习进取之风，用勇敢的实践和探索精神付诸行动，对自己的家庭和社会负责，成为良师益友，成为孝顺的孩子，成为社会中良好的形象代表，为自己的学校或者所在的单位，赢得美好的赞誉，创造越来越丰富的物质和精神财富……

感激一个女人

题记：以第一人称的口吻写下我母亲的一次亲身经历，在宝珠寺电站拆迁之前那个寒冷的冬天，发生过的一段令人感动和温暖的插曲……

她叫什么名字？

我不知道。

她家居何处？

我不知道。

她貌不惊人，她语不出众，她衣不华丽。她和我年纪相仿，同样是将近不惑之年的女人。或许如今，平凡的她已想不起平凡的我。她和我多年以前在青川县移民办公大楼她的办公室相遇。虽然美好而短暂，但是她对我的理解与支持令我至今感激于心。

当时，她做了一个出纳员应做的事，我得到了一个库区移民应得的补偿。在我渴望得到理解与支持的时候，她给了我足够的理解和支持，使得我在那一个寒冷的冬日感受到可贵的温暖。

故事发生在 1996 年冬天。

1996 年冬天不像以往我经历过的冬天那样平淡。这一年冬天是我在居住 39 年的故园待的最后一年冬天。这一年冬天来临的时候，装机 70 万千瓦的宝珠寺水电站截断了白龙江，正式开始蓄水，所以，大拆迁动起了真格。我最后的一线幻想如同飘飞的落叶，在凛冽的西风中被湮灭。为了支援国家建设，我必然忍痛割爱，眼睁睁地看着鱼米之乡大片沃土让泱泱之水淹没，我的家变成了鱼虾的家……

万语千言齐聚心头，我能说什么呢？

大拆迁之后，我还是要在土里刨食。但是我明白：异乡的月亮不如故乡的月亮；异乡的太阳不如故乡的太阳；异乡的山林树木不如故乡的山林树木；异乡的天地不如故乡的天地；异乡的人不如故乡的人；异乡的水不如故乡的水……我像一粒种子被故乡永远地抛出去，重重地落在一个生疏的乡村，却要一次次抑制住内心的悲伤安慰自己：月亮还是月亮，太阳还是太阳，庄稼还是庄稼，差别不是太大，最重要的是动荡之后，我依旧实实在在地活着……

我的心灵与肉体承受着很多。我并不是一个强壮的村妇，但是我赢弱的肩膀要扛起家的重担，而且我绝不能因劳累而倒下。面对一道道难关，我得鼓足勇气咬紧牙关挺过去，不仅要照顾好我的家，而且要在春节前后将我的家从刘家河畔一举迁至江油新安浅丘一隅，绝不能出一点差错。在这非常时期，我只恨自己没有三头六臂：家里有一个疾病缠身多年并且还闹死闹活的丈夫和一个 60 多岁且爱喝酒的老爹，他爷俩不但帮不上我什么忙，反而隔三岔五因脾气不和而磕磕碰碰；在外面，我有两个儿子，一个在成都念中专，另一个在镇上念初三，生活费得由我想办法解决；好端端一个家，房子拆了一半，屋内乱糟糟的一大堆事，该变卖的变卖，该保留的保留，该扔掉的扔掉，该收拾的收拾；移民手续，跑乡里、跑县城都是我在奔波与操劳……

现实的生活，留给我许多的愁和苦，但是我并不想对旁人诉说我内心的感受，我不愿让旁人看出我内心的虚弱。

我的家离不开我，我的家非常需要我。我的家境贫寒，但要上县城办移民手续须得有一些盘缠。于是，我摸黑打回一袋米准备第二天到白水老街去卖，要是顺利的话，下午就能赶上客车进县城办事。于是，第二天早晨，没等天色大亮，我草草地吃了早饭，背上多半蛇皮袋子大米，迎着凄凄冷冷的风，蹚过冰冷的刘家河，爬上五里垭口，眺望白水老街，我发现一片浅蓝色的水已淹到白水街尾，所幸白水街还没有被完全淹没。一些新楼在对面山垭隐现，我拨开眼际的缕缕薄雾，顿时想起那是迁址后的场镇，但是我想往返于白水老街搬东西的人一定不少。还是在白水老街卖米的好，一方面恋旧的人们会光顾白水老街，另一方面上新场镇还要爬一个又高又长的山坡。稍歇了一口气，我又接着赶路。由于沙坝已经有了水，所以我只好沿着山边绕行，以往走白龙江边沙坝赶白水街最近的一条路，我都要走至少 15 里，而今，改走山边，恐怕不下 20 里。

我身上的汗出了干，干了又出，几经周折，终于到了白水街上场口。我把米袋子卸在原国营馆子门边。已由私人接管的国营馆子旧房内还在忙碌生意，饭馆依然是饭馆。我站立的地方原来是最热闹的一角。但是现在我身后却只剩萧条与破落，汽车从乔庄或从碧口或从文县等地至昭化之间往返频繁经此的情形一去不回了，那些沿路边排开做小本生意的人们也都没了影，人声喧哗的大街也落寞了。

我站立的一角是白水老街最高处，挨着山边儿。浅蓝色的白龙湖水在我背后不远处涌动，我固执地想一时半会儿不会漫上来，往来于白水老街的人们虽然也如此想，却免不了行色匆匆。

一阵阵寒风擦身而来，穿过白水老街，在我耳边留下嗡嗡的余音和哗哗的水声混在一起，我的脸像被一些细刷子轻轻地刷着。在米袋子后面，我抱紧了膀子，双手紧紧交叉在胸前，焦急而耐心地期待，那些好像要向我走来的人们，那些向我投来的目光……

大概已是晌午了，我附近的馆子里菜肴飘香，一些人开始吃饭。门里热气腾腾，门外冷冷清清。我还在苦苦等待，我像一个木头人，已感到饥肠辘辘，可我身上一分钱也没有。偏偏这时节，我的心里一阵阵难受，我也只有忍住，忍住……我不想将米寄存下来，我更不想往回背，我虔诚地祈祷……

茫然的天空依旧阴阴郁郁，像一个愁眉苦脸的人。电灯依稀点亮的时候，可能光线太暗了，时间也绝不早了。谢天谢地有人买了我的米，价钱适当。之后，我长长地松了一口气。接过钱，我转身朝馆子里去了。在小馆子里，我吃了一碗抄手，一方面填充肚子，另一方面暖和身子。

变一点小钱，我吃够了苦头。好在吃了许多苦头后，我的米总算让我卖脱了。这时候乘客车进县城，我想一定没车了。就是有车，夜宿县城得多花钱，办事还得明天一早。倒不如赶明早头一班车去的好。

当我再一次蹚过刘家河时，夜幕徐徐降临了。我的家园躲在幽暗一角，不声不响。

从沙洲镇上到乔庄有五十公里，多是上坡路，弯道多。近年上县城办事的移民多了，车费从五块钱涨到了八块钱。车途劳顿，庆幸的是吃了防晕车的药，我并没有吐，第二天上午，总算平安地进了县城乔庄。

县城乔庄只有"井"字形的四条街，本不显繁华，但是如今平添了许多的热闹气氛。库区三万移民，多在青川县境内，于是，上县城办事的移民来来去去光顾使得大街更像是大街了。

我直奔西街头的一栋办公大楼。我恨不能三下五除二把事办完而后赶回家吃中午饭。到了移民办大楼，我开始一趟一趟办手续了。我要去的办公室，每一间都挤满了人，每一道手续都需要耐心而焦急地等待。

到了晌午下班时间，拥挤的人们才恋恋不舍地散了。吃过中饭，人们又拥入移民办大楼内。下午，我依旧是好不容易从一间办公室签了章和字，从令人呼吸困难的人堆里出来，经楼道稍喘一口气，又扎进另一间拥挤的办公室……三层办公大楼，上上下下，一个接一个办公室进进出出，熬到黄昏又逢下班时间了，我的事还没有办完。我只能在县城小住一夜，熬到天明继续未尽事宜。

头枕着小城的热闹入睡，我睡得迷迷糊糊，很不安稳。虽然我真的疲惫了需要休息，但一首《故乡的云》飘然入耳，忧伤的旋律久久不散，不知不觉我已热泪盈眶。

夜深时分，我强烈地想起家，我的心忐忑不安起来，生怕百里之外的家出什么乱子。

夜，好长，好长……

灰色的早晨终于又开始了。等我再一次赶到移民办时，早已等候多时的人们一等开门，便蜂拥而入。寒冷的天气丝毫不影响来办事的人们的热情。正是有了他们光顾县城的热情，小县城里三块钱一份的回锅肉和一块五一晚的小旅馆床位，迅速翻了一个大跟头，多么平常的东西价格翻了一倍。

过了十五道难关，将近中午，我终于要挤进最后一道门。从出纳员手里拿到钱，我的这一趟县城之行才算基本完事儿。

什么？保险柜出现了红字，没钱了？出纳员耐心解释：办事的人太多，现金已支付一空；我很想给大家兑现，可我手里的钱已发完了。出纳员一脸无奈地面对着一张张激动的脸。

啥时候有钱？出纳员周围一些人不约而同地问。明天吧，我打了电话，钱明天一早送过来。出纳员信誓旦旦地说，她额角已抹上了一层细汗珠。随即，移民办现金支完的消息传遍全楼，出纳员四周逐渐安静了下来。但我没有走，在门外背靠着墙。保险柜显红字是什么意思？我不懂。以前电视上听说过"财政赤字"知道是财政空乏的意思。保险柜显红字大概是这意思。她身边的保险柜的确显了红字，她的话也再清楚不过了。

我的心透凉。我不能等到明天，我不能功亏一篑。我要进去和她谈谈，不管结果怎么样我都不能就这么放弃。要是今天办不成事，我只有泄气回家了，过段日子还得再来，万一又不凑巧……

我鼓起勇气，进了她的办公室。她的办公室里亮着白炽灯，她办公桌下有一个取暖器正红火着，我惬意地坐在她对面。

大姐，办事要明天。她看了看拘谨的我，微笑着说。

我想坐一会儿，不行吗？我面对着慈眉善目的女出纳，目光从她的短发溜下她的黄色呢子大衣退回到我的脚边，说：外面好冷。

大姐，你是哪儿的？她相持了一会才问。

我是从刘家河来的，离这儿远，来一趟很不容易。我打开了话匣子，跟她谈了起来，像面对一个姐妹。她忠实地倾听我的诉说，我不厌其烦地讲话。她的办公室既亮堂又暖和，气氛也很融洽。

我跟她讲我的家事；讲我固执的爹；讲我疾病多年的丈夫；讲我祖上三代没人识字，而我的大儿子以全县第三的好成绩，考取了中专……

我跟她讲我现在承受的愁和苦。我跟她讲前天在饥寒交迫的情况下卖米，为的只是凑一点上县城的路费。我跟她讲我不能等到明天，今天办不成事，不知何时才能再来。我跟她讲在小县城办事我是怎么熬过来的……

把你的手续给我吧！她动情地说：保险柜里还有一点钱，我取出来给你，若不够，我给你开一张建行的支票，好不好？

我高兴得泪水都流出来了。我把手续递给了她。我的话语拨动了她的心弦，她被我感动了，所以破例解了我的燃眉之急。末了，我诚恳地对她说：隔一段时间，我会登门拜谢！您帮了我大忙了，真是太感谢您了。

说什么感谢呢，大姐，人心都是肉长的啊！她为我办完事，站起身，送我到门口，说：大姐，您走好！一路走好！……

后来，我跟她还见过面，仍是在她办公室里。我的事办得很仔细很顺利。每一次都是匆匆相遇，匆匆而别，周围人多，她和我也无多言。我想带上礼物去她家，虽然她的家里不缺钱物，但我应略表心意。我想再说上一些发自内心感激的话……但我的家里，总有忙不完的事情，我许下的愿望一再搁浅……

　　1997 年春天就要来临的时候，我乘船而去——带上我的家当，有惊无险地开赴江油新家，定居至今。历经一番番风雨，一转眼，六年过去了。对于她的感激，我并没有做什么以致汗颜，且喜我的大儿子写得一手不错的文章，我嘱咐他一定要发表出来，将来送给她看……

大爱无疆

10年了，悲伤慢慢治愈。巴蜀大地的天空重在 2018 年 5 月，明媚、蔚蓝。

徜徉于 2018 年 5 月，我的世界同样也是鸟语花香，百草芳菲。而此刻田野里麦子和油菜逐渐走向辉煌，玉米和稻秧清幽幽地展开无尽的春光，挺身拔节，向天展现昂扬的生命力和如虹的气势。

在繁花似锦的城乡之间游荡，我确信：大四川，人间仙境，实至名归……

10年后，我们在 5 月里举起白蜡烛，深切缅怀，寄托相思。悄悄然，热泪又从眼角扑簌簌地滚落下来。

泱泱中华，大四川是个大后方，身后的人文历史积淀与日俱增。中华之崛起，大四川必然也要昂扬奋进。可 10 年前的一场浩劫，让奋进中的大四川遇到了一次巨大的挫折。

10年前的 2008 年 5 月 12 日 14 点 28 分，汶川 8.0 级强烈地震，蛮横粗暴地冲击着大四川和大中华。一时间，烟尘迭起，举国震惊。

10 年前的那场浩劫，山崩地裂，天塌地陷，龙门山激烈地摇撼，中华大地也纷纷震感强烈。巴山蜀水，多了很多的废墟，死神疯狂地制造着人间惨案。石头做了可怕的帮凶，向人群、向房屋、向汽车分崩而去……

　　所幸，我们生在伟大的中华，我们有充满爱心的同胞。无法避免的灾难，突如其来。那一刻，在悲苦中升起了五星红旗。来自祖国各地的救援纷至沓来，不顾余震的危险，奔赴灾难深重的大四川。

　　国家领袖胡锦涛总书记、温家宝总理来了，人民子弟兵来了，救灾物资源源不断地奔赴重灾区。我们有伟大的中国共产党领导，我们便有抗御灾难的信心和决心。灾后重建，在狼藉的地面上有条不紊地展开。灾后重建，大四川要在痛苦中完成一次华丽的涅槃。

　　而 10 年来，大四川在灾后重建道路上取得的巨大成就有目共睹。

　　今天的大四川之所以取得丰硕的建设成就，一方面是四川人民艰苦奋斗、自强不息的结果；另一方面离不开祖国各地同胞援建付出的心血和劳动。汶川、北川、青川等灾难极重的地区，一座座新城正成为区域经济飞速发展的动力和引擎。

　　满怀感恩之心回顾十年重建的历程，我从词典里找到四个字：大爱无疆！

　　是啊！在地动山摇的悲情时刻，来自祖国各地人民的爱与悲哭的四川同在。从废墟里寻找生命的奇迹，人民子弟兵、志愿者不分白天黑夜坚持奋战，援助建设者无私无畏地向灾区人民付出心血和劳动，爱心人士慷慨解囊捐款捐物……

　　正因为如此，世界才变得更加让人珍惜；正因为如此，世界才变得更加美好和充满期待。祈祷罹难者在天堂安息，祝福和帮助幸存者完成身体和心灵的重建。而后，大四川逐渐恢复了生机与活力。

　　而大爱无疆这个词，在经历过"5·12"强烈地震的四川人民心中得到了更加深入的理解，其光辉也得到了广泛的印证。天地生万物，人是其中最美妙的一部分，在中华大地尤其如此。五千年文明不断印证着人的美好。人的美好，在于人性的美好，人性的美好在于那份爱。而人的爱，在困境中总会爆发出超强的能力。而这样的爱没有边界，因为人的爱会从自身出发，向家乡、向祖国、向世界拓展和奉献……

挂青

慈母何在？

子推何在？

一个声音在空旷的天地间回旋，久久地回旋，寻找答案。一群人情不自禁地追寻，那隐藏于春意纵深的影踪。

众人的脚步一直向春天跋涉，在花红草绿之间穿行，我们的梦想以及诗意的远方不断延伸。伟大民族的河流源远流长。岁月不紧不慢从众人的内心里穿过，青石碑的铭刻忽然又醒目起来。祖先的名字，重新跃入眼帘，我们看见自己的影子在历史的长河里越走越远。

又是一年杨柳青，像两千多年前一样，众人的目光向巍巍绵山追去，不顾山高路险，无畏峻峰峭立，执意穿透茫茫云海，飞越无尽的沧桑，深入九曲回肠的河源，一路心潮澎湃。

功名利禄，荣华富贵，一一抛下，毅然决然，负慈母远行。混沌的春秋，由此而清明。滚滚烟尘，杀伐决断，尔虞我诈，伦理背叛，流血牺牲，由一个人改变。悠悠乱世，由此找到秩序。

赤子背负慈母，向崇山峻岭去。孝感动天，天地动容。孝行天下，源远流长。

那个人叫介子推，众人只是依稀记得他的名字，他的孝心，他的长相已经模糊不清了。好一场酣梦，神赐子推，神赐慈母，与青山做伴，与日月同辉。

重耳哭了，天下人哭了，那是一场四月纷飞的雨，润泽了数千年。那样一场雨还将在遥远的未来，不断开花结果。

雨后，万丈阳光定然普照苍茫。阳光也像一场雨，落下来，热辣滚烫地光临人间。之后，天清地明，百花盛开。再之后，万世流芳，情动中华。

泱泱华夏，广袤九州，奉行一个节日——清明。

清明，庄严肃穆，向先祖叩首，向先贤膜拜。一个民族的神魂由后世子孙虔诚地接力下去，一直弘扬下去。

清明，众人屈膝而跪，巍巍唐古拉山下，黄河与长江，磅礴龙行，注入炎黄子孙的血脉，响成长盛不衰的歌鸣。清明，泰山日华，灿若火焰，炫动中华民族风，举世瞩目。

春雪消融，百禽亮羽，万凰飞腾。

百花争艳好时候，一只鸟的欢呼——清明早挂纸——加长重音，如春雷越过长空。

欣然踏青去，春风伴征程，人间也因无与伦比的美妙诗意情怀而令人心驰神往。

沿途，野草崛起，玉树林立，人间仙境迭出——每一个都是灵魂歇息地；每一个都是人间桃源。清明，无须陶公引路，自由便是方向。清明，众人访祖挂青去。五颜六色的纸串，幻化成一只只风铃，摇荡众人的心声向远方，也成为美妙天籁的一部分，一并被悠久地传递。

尔后，曾经洪荒的岁月也在记忆深处，青春永驻，繁华永在。

众人踏青去，找到一座又一座神圣之门。找自己的名字，找自己的源流，找自己的介子推，找自己的祖母。无穷无尽地寻觅……

而在这时候，灵巧的稻种坐不住了。嘻嘻哈哈跑向田野，它们一心想要将梦想安放。然后，一面奋勇拔节，绝不辜负青春好时光，绝不辜负祖父的心血，绝不辜负老黄牛的耕耘；一面祈愿：穿过火热的夏天，小草一样的心，历尽暴风雨以及火热阳光的千锤百炼，终在沧桑以后，迎来梦想的灿烂辉煌……

一个人的峥嵘岁月

一

　　一个人的峥嵘岁月，从 20 世纪 50 年代初开始。百废待兴的中国经历了很多年的战争创伤，慢慢走向愈合。具体到 1951 年 7 月，朝鲜战争硝烟仍在弥漫，一个新生婴儿降生在中国四川江油新安石桥村浅丘丛林一个李姓人家。他的啼哭带给父亲母亲老来得子的喜悦。对于这片黄土地来说，他的降生没什么特别的意义。他是父亲母亲生下的最后一个孩子，前面有三个姐姐和一个哥哥。一个家庭上几代人的高光时刻给不了没落的后世子孙任何帮助，破旧的土墙瓦房大院里拥挤着几十号人，岁月在这里展现着极其庸碌卑微的一面。出生就赶上饥寒交迫的年代，他并不受哥哥姐姐们待见，原因是吃饭问题——饥饿让一个孩子哇哇啼哭是一件让人心烦意乱的事情。于是，他经常的哭闹更是让哥哥姐姐们厌恶和愤恨——他被忍无可忍的大哥扔进了屋后的竹林里。他狠心的大哥将自己襁褓中的弟弟扔进狼、虫、鼠、蚁等经常出没的竹林里。所幸父母赶巧从地里回屋发现了在竹林里啼哭的老幺。而后，他被母亲一把鼻涕一把眼泪地抱了回来，回到幽暗的屋子里……

上天或许还是眷顾他的，从夹缝中生存下来，这本身就是一件幸运的事情，至于吃多少苦，那都是次要的。都说：皇帝爱长子，百姓爱幺儿。可在一穷二白兄弟姐妹又多的大家庭里，父母能给的爱少得可怜。他贫贱如草的生命，在20世纪50年代，顽强地延续了下来。在饥寒交迫的日子里成长，他从"大跃进"以及三年自然灾害中挺了过来——尤其是大办食堂那几年，大人们每天只有二两口粮而小孩忽略不计，出身于一个贫苦人家的他在饥肠辘辘的日子里备受煎熬。这一路的成长，风风雨雨。他一天学校门没进过，活下来便是万幸。他的童年连续遭遇不幸，家里疼惜他的父母双亲先后去世，原本不多的父慈母爱仓促离他而去。他从父母去世的悲伤中熬过来，慢慢长成瘦高的小伙子。时间也来到了1969年秋季。这一年，他也到了应征入伍的年纪。

1969年的秋天，征兵的号角吹响，他幸运地跟部队走了。他戴上红花穿上帅气的绿色军装走了。他开始了全新的人生磨砺，他荣幸地成了一名中华人民共和国军人，他穿上了绿得亮眼的军装。他的纯朴善良，他的勤恳奉献，让他在部队里成了一名优秀士兵。五年军旅生涯无疑是他青春时代最高光的阶段。这五年辗转祖国大江南北，他是一名工程兵战士。他用自己优异的表现立功数次，其中记二等功一次，三等功多次，五好战士每次都能上榜。他珍惜在军营的时光，这里不但能吃饱饭，能吃上肉，还能为国家做出一份贡献——在军营里不必为吃饭问题而挣扎愁苦，自然有更多精力为国家建设出力，而在乡下忍饥挨饿的日子注定碌碌无为。显然，为国家做贡献的青春无疑是有意义的青春，他想自己的努力和奉献都是义无反顾的选择。其中，最让人感动的一次立功受奖是拯救一只小羊。一只小羊掉进了山茅厕里面，很危险。他不顾个人安危跳进囤水的山茅厕，奋力救出了小羊。小羊得救了，首长一同被他感动。首长跟他握手，问他当时怎么会为救一只小羊而不顾个人安危。他腼腆地笑笑说：小羊的命也是命，小羊也是人民和国家的财产，我应该挺身而出。不怕脏、不怕苦、不怕累，有一颗勇敢的心，他做到了。作为一名党和国家培养的合格军人，他做到了。

五年的时光匆匆而过，他带着一个伤疤回到了家乡。越南前线上，一颗子弹从他的锁骨擦过，伤好了，但疤痕留下来了。那个疤痕是上战场敌人的飞机打的。战争很快结束了，他也到了退伍的年龄了。他不认识字，这兵也没有继续当下去。部队一声号召：转业！他便抹着眼泪向后转。时间到了1974年秋，他回到了家乡。

回到家乡，他到武装部报到。武装部领导看了他的档案，给他个表让他填写。他憋得面红耳赤，一个字也没整出来，自己打了退堂鼓。就这样，他没有得到一份稍微体面的工作安排。后来领导告诉他，喊他去国营的水泥厂上班当工人。他想了想，最后还是回到了农村。他不识字，纵然有个叔叔在县里当局长也爱莫能助。

二

回到农村，回到自己的家乡，他当了生产队队长。家里的人呢？大姐、二姐嫁到了外乡；三姐在家招了女婿，生了三个儿子，一家五口，日子过得非常紧张；大哥过世了，大嫂带着两儿一女改嫁到同村赵家去了，又接连生了三四个孩子。而他孑然一身，在乡间里生活，谁照顾他说不上。他照顾自己三姐一家不少，而他的付出成了理所当然。反正他一个人没有结婚，日子也容易打理。

在部队服役期间，国家政策优抚军人家属，家属就剩三姐一家了。生产队计全年工分，分粮分钱都填了三姐一家子的窟窿。部队每个月发下的津贴，他也积攒不下来，三姐喊人写信到部队哭诉，就把他的零花钱都哄走了。转业回来的安家费，他也填进了三姐家里。可就是这样，三姐一家还是将他狠心地抛弃了。那一次分家，三姐的男人，也就是他名分上的哥哥，提前把家里的谷子转移到邻居家藏起来了。他分到了五斤谷子，多么可笑的人情世故啊！这就是他倾尽所有帮助的亲姐姐一家人。

后来，邻居大嫂告诉他说：你哥哥藏了几担谷子过来。他没有说话，内心的愤怒和悲哀涌上心头——这样的所谓亲情没有一丝冷暖可以眷恋。

他也很不想说自己那个所谓的哥哥。有一次，那个所谓的哥哥偷了别个村子里的树，人家找上门来了，要往死里打偷树的贼。他出面说情，从生产队账上借了8块钱，好说歹说，打发那边的人走了。

他在当队长的时候，出于好心让社员开荒种胡豆，收了胡豆大家粮食也宽裕一点。可是他那不争气的哥哥带了胡豆去卖钱，被乡上的干部给逮住盘问，然后，他的队长也干不下去了。

除了离家出走，他想不到更好的出路了。所谓亲情如此，他几乎没有什么可再恋恋不舍的了。于是，他在1975年夏天跟着大嫂大姐坐火车再坐汽车，经历一两天的折腾，来到了青川白水。大嫂大姐的男人在白水邮局工作，一家孩子也六七个，日子很紧，可是大嫂大姐为人厚道。大嫂大姐先把他安顿在白水家里，后来又到处打听，给他说亲。大嫂大姐这个姐姐比所有的亲姐姐都强太多太多了。想到有这样的大姐，他的内心是温暖的，满怀都是感动。

他跨过了白龙江，翻过了五里垭，到永红乡何家坪上找到了归宿。风尘仆仆千里路，他找到了人生幸福的归宿。他结婚了，入赘到一户姓何的人家。时间也是在1975年这一年秋天，在经历了无数折腾和彷徨之后，他的心终于安定下来了。他庆幸自己遇到了好人，经人介绍，一位姓何的姑娘看中了他。此时，他是一个身无分文的逃荒者，下河人。因为他说了他父母走得早，这一点让姓何的姑娘很是感动。因为姓何的姑娘也是苦命的人，7岁没了娘，书也读不成，9岁学做饭，12岁到生产队干活。找到一个能出白米白面的平坝安家，还有一个善良的妻子相伴，他想他的幸福由此开始了。

他就是我的父亲，我苦命却厚道的父亲。用很多语言也诉说不尽他经历的苦难，他倔强地走过来。对于自己的青春岁月，他并无怨悔。说到过去老家人的刻薄，他也不想带着怨恨开始全新的生活。姓何的姑娘就是我的母亲。我在1977年秋天有惊无险地出生了。我们的家庭画出了一个大大的分号，阳光在风风雨雨中给予我们这个贫寒农家越来越多的关怀和恩赐。

三

很多年后，回忆我出生的那年秋天，母亲有些愤愤不平起来。

母亲说，前面一个孩子没带成，心里很不是滋味。到了1977年秋天，母亲又身怀六甲了。产期日益临近，农村没什么好的条件，这又是一次生命的赌博。顺产的话，那还好些。如果胎位不正，那就麻烦大了。母亲说，特别担心会发生意外情况。

同一个院子的堂姐也要生孩子了，第三胎。母亲说，时间是在1977年农历九月十三夜晚，堂姐的男人火急火燎地来了，找到你父亲说帮忙送他女人去山那边的医院生产。这时候，堂姐的肚子痛得厉害。于是，你父亲就跟着去了，抬担架跨过刘家河，翻过五里垭，过白龙江吊桥，走江边，到923医院。母亲说，很不理解他怎么能扔下自己的女人孩子不管，万一也要生了，怎么办呢？

长夜漫漫，母亲心中的五味瓶翻涌着。本该圆月当空的夜晚，因为山雾迭起而显得阴森可怕。再加上屋外风声萧萧席卷着飘飘落叶，仿佛还有沙沙的雨点从瓦房背上叮叮当当地跑过。家里的顶梁柱送别人家的老婆孩子走了。他在离开家的那一刻，是那么的毅然决然。可这样的慷慨，人家会记得吗？要是自己家里出点事，他该怎么办呢？

熬过了1977年农历九月十三那个漫长的夜晚，邻居家堂姐男人第二天上午就回来了，说做了手术母子平安。母亲听见他们说话，而我们家也度过了一个平安夜。事情没有发生任何突变。我在农历九月十五夜晚出生了，是乡卫生院妇科万医生来接生的，顺产。

父亲奔波几十里负重救人或许被睡眼惺忪的老天看见了，所以赐予他身为人父的喜悦。而他义薄云天救人的事情，不求任何的回报。想想他身为优秀的中华人民共和国军人，虽退伍了，可英雄本色还没有磨灭。在有人陷入危难时，他选择了不顾自身安危挺身而出，这样的决定其实也不难理解。

四

父亲肠胃不好，不知道是从什么时候开始的。肠胃上的病一直困扰了父亲很多年，四处求医问药，都没有治愈。永红和白水的医院、药铺以及民医都求遍了，父亲的肚子还是疼，一疼就很痛苦。

我还在念小学四年级的时候，母亲要我写信给父亲老家里的人。父亲感觉自己的病好不了，对故乡亲人的思念忽然强烈起来，想见见他们。母亲含着泪说，那边的人很淡。记得刚结婚那年回去拜年，背了很多土特产去看哥哥姐姐，火车上被小偷偷了钱。到了新安，幸遇一个老乡提醒说，你们的木耳都是好东西，不如卖一点钱好做路费，没必要全部都送亲戚，送礼多少都是个意思。原想，哥哥姐姐总有人会打发一点吧，毕竟这是拜新年。果然不出旁人所言，哥哥姐姐们收礼倒是很欢喜，临走什么打发也没有。要不是提前有了准备，回家的火车票都买不起。

我写的信发出去了，父亲日夜盼望着老家来人。可是，正如母亲所料，父亲老家没来一个亲人。倒是住在白水邮局的大嫂大姐喊他儿子翻山越岭来看过一次，而真正的亲姐姐们一个回信都没有，更不要说来人了。父亲朝思暮想，结果让人非常心寒。人啊，穷到一封信也写不起吗？这里可有呕心沥血帮助过自己的亲人啊！这也算是亲人？名义上当然还是。而名义仅仅是名义，一个称呼而已。

父亲在母亲的照顾下，渡过了难关。父亲的身体有所好转，我也考上了初中。父亲学会了骑自行车，同时学会了修灶砌砖墙、造屋，还能用竹子编些笤箕、漏筛、背篓。时间也晃晃悠悠地到了20世纪90年代。

我在南坝中学读书，父亲又开始与病痛作斗争。为了医好父亲的病，母亲忧心忡忡地带父亲坐汽车下了广元。我正上初一，听到这消息，请了一周假做家务。谷子一天天黄了，我在炎炎烈日下焦急地等待，我担心父亲的病，在忐忑不安中度日如年。

母亲终于领着父亲回来了。我忙问其中情况，母亲说闯入072医院等于闯入鬼门关，真吓死人。这到底是怎么一回事呢？

原来，072医院所谓的医生给我父亲做了一次胃镜检查，一阵折腾之后，神秘兮兮地把我母亲叫到一边说："经我们检查，病人患了胃癌，到了晚期，必须马上做切除手术；手术成功可以再活三年。否则，可能活不过三个月。"这话把我母亲吓得好久才回过神来。母亲问要多少手术费。医生一本正经地说先交三千。母亲强忍住心中悲愤，想了一会儿，终于决定把父亲领走了。在陌生的大街上，漫无目的地行走着，母亲绝不接受那个可怕的诊断。最后，一个江湖游医给父亲看了病。那个游医是个老者，说父亲的病并不是大病，喝三服中药就能好。父亲喝了此游医的中药，果真见效，这才起身往回走。

父亲活了下来。母亲自我安慰说：一个能吃、能喝、能睡的人，是不可能得那种绝症的。再说，检查完了才知道做胃镜要空腹，但早上父亲吃了面，所以查不清楚。从广元回来，父亲的病经过一段时间调理仍未能根治。父亲抱着药罐子熬日子，祖父恨得咬牙切齿。父亲的形象应该是伟岸的，可是病痛折磨，让他常年萎靡不振。

父亲偶尔到学校来看我，给我送米送钱。父亲送我去中学，父亲接我回家，这样的场景并不是经常发生。但有一次让我印象非常深刻。那是在上初二的时候，我在学校里生了病，父亲骑自行车来接我了。这一天下午，我坐在自行车的后架上，父亲一再叮嘱我坐稳抓牢。我们一起走过江边阳光炙热的沙滩，我看见父亲汗流浃背的样子，想起前几年他饱受病痛的折磨，我的眼角不禁闪烁出晶莹的泪花。相比于父亲，我多么的幸运，有书读，有父母疼爱。依然年轻的父亲在没有病痛折磨的情况下，依稀展现出伟岸的背影。我的目光被父亲的背影越拉越长，对父亲的感恩或许只有好好读书来回报。

五

父亲遭受的磨难并没有结束。父亲的病并没有治愈。我在父母的支持下用两年时间考上了省属中专统招。父亲将我送到了都江堰继续读书。而我也成就了乡间一段刻苦学习的佳话和传奇。时间来到 1994 年秋天，荣耀和喜悦让我们的家庭迎来勃勃生机。我们家的日子正一天天好转。

宝珠寺水库搬迁的日子越来越近，1995 年冬天，我们家在刘家河畔最后一季小麦就要下种。父亲吐血了。母亲说，这之前找过邻居堂姐学医的那个男人看过病，中药——十全大补汤。然后，父亲便发生了吐血，昏迷。紧急情况下，母亲找来了那个男人的师父在家守护了几天，输液，打针，服药，好一通忙碌之后，父亲总算幸运地转危为安。看了徒弟开的中药药渣，师父一面摇头，一面叹息。这是学艺不精还是装糊涂呢？

师父没有明说。不过有些事，不说穿也好。这可是十几年前挺身而出拯救过自己妻儿的邻居，堂姐姐夫用一个错误的处方单子，差点要了恩人的命。所谓恩义，在人心被岁月的空虚冲蚀之后，慢慢地变淡了。但作为付出者，父亲从不后悔也不怨恨。父亲说：苍天有眼！

为了不让我分心，母亲在喊弟弟给我写的家信中并未提及这件事。放寒假的时候，我从都江堰回到家里，才知道父亲经历的惊险时刻，就差一点点，人就没了。父亲要是没了，我们家必然要塌掉大半边。

就要大搬迁的节骨眼上，庄稼种不上，父亲又生病，很多事情要忙碌。我们这一家人下一站去哪里落脚？关于未来，有很多不可言说的忧虑。父亲心里着急，可是没有一点办法。

从最艰难的时刻挺过来，父亲慢慢地康复。白龙湖的水一天天涌上来，曾经稻花飘香、麦浪翻腾、油菜辉煌的田野被苍凉的湖水一点点吞没。我们家的老房子在岸上，临河而居，依山而立。历经几代人的老房子，将在不远的将来拆掉，然后，融进水里。此前，父亲经历的种种苦难，也将在湖水里隐没。沧桑感以更直观的方式让人切身体会。而后，从悠悠湖面劈开一条水路，远走他乡，开始全新的生活。父亲的肩膀还需要支撑下去，为了自己也为了我们这个家支撑下去……

六

1997 年春天，我们搬到了江油新安浅丘一隅——天尊村。重新耕耘四季，春华秋实，夏种水稻玉米，冬种油菜小麦。父亲的故乡石桥村就在七八里之外。

父亲回到了土生土长的江油新安。三姑的二儿子将父亲处在李家大院的一间半老房子拆了，房子上拆下的木料和瓦片卖了钱，土墙推倒了，老祖宗留下的念想就这样被夷为平地。卑微的亲情以怨恨的方式迎接父亲这个远亲的回归。他们报复父亲的原因是三姑的老二在我们交了定钱准备买下的农房那家人面前种了庄稼，因为迟迟没有收到剩余房款而扣了他们堆在屋里的粮食——粮食没有及时翻晒，烂掉了一部分。三姑家老二要在我们家要买的旧房子里安营扎寨，至于我们一家人怎么安排，他们不管。我们家的户口都上完了，房子定钱两千也交了，我们家不去了，便宜就该他们捡。他们想要我们放弃，然后成全他们的美梦。结果，我们拒绝了他们的要求，所以，他们心中有恨。他们的恨发泄在了那一间半老房子上了。

回到江油新安，我们一家的老房子在经历了多方维修之后总算入住了。没有河流，没有大山，我们慢慢地适应着新环境——新的风土人情。然而，平凡的日子波澜又起，这仿佛是生活必须经历的一部分。

我从学校毕业了，说好的国家干部没当上。我一无所有地彷徨于乡间。好不容易供出了一个读书人，可是前途渺茫。父亲随我在绵阳、江油、新安等地奔波，到处求人。我说我一个人去闯，父亲怎么也不答应。父亲随我一起奔波，我们一起彷徨，一起寻找。有一次，在江油东大街一个转弯路口，父亲还被一辆小车撞倒了，所幸没什么问题。在陌生的江油城里，日渐繁华的城市，掩藏不住父亲的落寞。如此惊险的一幕之所以发生，是因为父亲因我的失落而精神恍惚。对于这样一个人生困局，我没有一点办法，父亲也帮不上忙。

峥嵘岁月跨越千禧年，并向 21 世纪蹒跚而去。祖父在千禧年刚刚来临的时候过世了。我们在狼藉的现实里重整新的希望，因为一个崭新的世纪就要来了。或许，某一天，我的名字就被人想起，然后走上工作岗位。不料，父亲的老毛病又在这时候犯了。千禧年的夏天，燥热的天气在我们家的上空徘徊。父亲到隔壁村找药店医生开了药，医生给他喝了葡萄糖。到了午后，父亲的心血上涌，狂呕不止，血红一大片。正在午睡的母亲惊呼起来，我从隔壁房子里冲过来，也被父亲的惨状吓得脸色苍白，一颗心更是狂跳不止。

父亲吐完血便气息奄奄。我和母亲扶着父亲往新安镇上走，这一路好长一段一辆车都没有。当时，我们也没有电话，救护车也叫不了。我们只能在黄土路上蹒跚而行。午后的太阳不依不饶地照射着大地，我们一路挥汗如雨。艰难地走到了新安医院，医生来了，打了止血针。然后，开始诊疗。父亲在医院住了一个星期就出院了。医生说是十二指肠溃疡加局部糜烂，没有其他毛病。困扰父亲多年的病，在新安这样一个镇卫生院神奇地治好了。花了几百块钱，父亲就从鬼门关被拉了回来。

父亲的身体一天天好起来了，真真正正地好起来了。痊愈后，父亲迎来了人生久违的轻松，仿佛又年轻了许多。十几年了没有再复发过一次，或许，父亲好人有好报。此后的十几年间，家里盖楼房挖屋基，抬石头扎墙脚，种庄稼，50几岁的人了动作麻利得像小伙，有劲头，有耐力。峥嵘岁月用一场霜雪在父亲头上留下了一些白，那些白是云朵，是雪，是花。十几年后，我在远方拿起笔回顾父亲的人生，众多感慨汹涌而生：父亲的人生是平凡的人生，没有什么轰轰烈烈的壮举；父亲的人生是卓越的人生，悲苦的经历、不幸的遭遇、疼痛和折磨，成为他人生的背景，他的善良，他的义气，他的担当，成为他人格闪光的部分，像星光一样熠熠闪烁……

我的小学二三事

　　一条悠远的河，潺潺碧水，唱着轻快的歌，哗啦哗啦地流淌，经过我青烟袅袅的村子何家坪，穿行于绿油油的田野，穿过了我朦朦胧胧的梦乡……那条河，我们家乡人一直都叫它刘家河。它抚育了我的童年，它是白龙江的一条支流，它经过广元青川县永红乡何家坪的某一年，我像种子一样在河畔生长起来。至于它的过去未来，我似乎只知道它流去的远方是一个神秘的世界，它的过去也是一个古老的传说。清凉凉的刘家河水从我家门前流过，它经过我土生土长的村庄，也经过我的小学校园外面的沙滩，它会带给我怎样的情感交集？它抚育我成长也伴随我启蒙，具体会有些什么感受，只有时间才能给出答案。

　　懵懵懂懂的我常常坐在家门槛上将刘家河眺望。田野上秋冬季节种植油菜小麦，春夏季节生长水稻玉米，勤劳的父老乡亲默然成就了家乡一年四季不绝的绿意，刘家河正是田野活跃的灵魂。沿着水流的方向朝下游眺望，我便会听见叮叮当当的钢管敲打声从一棵核桃树上传出来，那是和平小学上下课的铃声，也是刘家河最美妙的音符之一。再往下游追去，一片苍松翠柏占据的山体将我的视线挡住，我能听见的就只剩刘家河滔滔不息的回声。

坐在家门口眺望刘家河的时候，我一抬眼便看见河的对岸有一条蜿蜒的大马路，尘土飞扬，偶尔有拖拉机或者卡车慢吞吞地开过，它们或向河的上游开去，或向河的下游开去并执意翻越五里垭。我最好奇的事情是马路上一些行人追逐河流的方向，向云朵起落的五里垭追寻而去，星星告诉我那山外有一个无比精彩的世界。我要到山外的世界看看，从祖祖辈辈扎根的河谷地带走出去。如果我不认识字，那我几乎会像我的祖父以及我的父亲一样走不远便会折返回来，继续老老实实地耕地种田。我被偶然的机会启发，然后，憧憬着读书认字，走出一条属于自己的人生路，真正走出大山的怀抱，亲手打开一片蔚蓝的天地。

葱葱茏茏的童年时光不紧不慢地流走，仿佛只在转眼间我也长到上学的年纪了。我到了上学的年纪，其实已经是1984年的事情了。这时候包产到户两三年了，家乡的生活条件有了明显好转，乡亲们在丁家區重新修建了和平村小学，很多农家孩子都有了上学的机会。我也算是赶上国家义务教育好政策的幸运儿。

1984年9月1日，金色的秋阳起得很早，欢闹的麻雀起得很早，我也起得很早。一大早，金色的阳光照耀着我家斑驳的土墙和青褐色的瓦房，阳光竟然让我家的房子也蓬荜生辉起来。这秋高气爽的清晨，习习秋风扫荡了刘家河夏天里的烦躁不安，而我从炎夏里奔跑出来，穿上新衣服要跟母亲去和平小学报名念书了。莫名的兴奋让我像一只欢快的小鸟，从家门口弯弯的李子树下起飞，取道向左，沿一条幽幽小径穿出一片竹林，走在坎坎坷坷的田埂上。此刻，阳光正逐渐为我打开一条明媚的求学之路。

为了送我念书，我们这个家已经苦等了三辈人。从曾祖那一辈开始到母亲，我们家没一个人跨进过学校大门，平常也没少吃不识字的亏。

一来我们家里穷，二来庄稼人念不念书却也不是太要紧。本来，母亲到念书的年龄时，小学学堂在距离我们家几乎一墙之隔的地方也没去成。母亲说，那时候真的好想读书，可是祖母走得早，祖父粗暴地拧灭了母亲的读书梦。祖父吼：女娃儿家念书干啥？不如在家做事。于是，母亲的童年就在做家务、上农业社做半劳动中虚度，隔三岔五还得听祖父发酒疯责骂。到我快到学龄时，学校已搬到四五里外的丁家碥。我吵着要去读书，母亲便一咬牙给我缝了新衣服和书包，赶着开学这天带我去学校。我念书是要花钱的，祖父喝酒也是要花钱的，祖父的反对最终输给了母亲的坚持和我的哭闹。

为这一天，我也闹腾了好一阵。我的闹腾是从我同院子比我早出生一天的堂兄被他妈逼着学写字开始的。看到他在方格本上用铅笔写拼音字母，我的心也痒痒的。我也想在他本上写，但他不许我碰。他妈喊他数茅秆，我也跟着学。回到家，母亲说只要我能数到100，就同意我念书。我数家里的玉米骨骨，我真的就完成了从1数到100的壮举。

我们穿过丰收的稻田间，像秋风一样轻快。田间小路，在我眼中闪着晶莹的华光。河滩和山边的玉米林也远远地将我注视。大约过了20分钟，我们来到了和平小学。这时候，学校里有很多孩子和家长。因为这是开学第一天，除了新生报名外，其余五个年级五个班100多名学生都回到了学校。村小学就10来间房子，六间教室一个办公室，三个老师寝室。这里的老师大多数家住农村。我费了好大力气终于挤到了新生报名老师的案桌前。

还差两个月才到七岁，不能报名……

我被管新生报名的老师无情地拒之门外。我满心的喜悦一落千丈。我不回家，我纠缠着母亲，吵闹不休。我被拥挤的人群挤出来了，但我不肯回家。母亲带我到外面的小商店里说给我买糖，我说不。母亲说，老师说年龄不够，我们明年再来，我也说不。我在校门外的小商店不依不饶。小商店里卖东西的漂亮阿姨也来哄我，我也一个劲地哭闹着。比我大一天的堂兄都报上名了，而我却被拒之门外，我哪里肯善罢甘休。

正在我闹母亲说要揍我的时候，一个面容和善的叔叔走了过来。他嘴角长着两撇小胡子，圆脸，个儿不高。他问我哭闹什么，我说我要读书，我今天就要读书。他说那你报名没有，我说老师说我年龄到七岁还差点，今年不给报名，可我真的很想读书。

那个面容和善的叔叔微笑着说，你跟我来吧，我带你去报名。我一下子不哭了，跟着他往学校里小跑而去，母亲在后面忙不迭地跟过来。重新回到新生报名处，那个面容和善的叔叔跟管报名的老师说，给这个小朋友报个名。然后，管报名的老师问我叫什么名字，我忽然陷入了迷茫。我叫什么名字，母亲也没有想好。母亲琢磨了一会儿，带着父亲的姓就给我取名"何小李"，这个名字从此便成为我求学路上的称呼。我名字中间这个"小"字也没有特别的用意，只因我当时年纪小。

我报完名，一心只顾高兴去了。带我报名的那位好心叔叔，我竟没有及时跟他说声谢谢。后来，我知道他也是学校里的老师，名字叫王兴学，住在丁家碥下面不远的母家院。王兴学老师教音乐，我在校园里常常听见他弹风琴——和平小学唯一的器乐教具。他弹风琴教孩子们唱歌，可惜，他没有教过我一天。

现在想来，如果没有王兴学老师那天带我去报名念书，我的人生也许是另一番景象。师傅领进门这一点有多重要？至少在我看来至关重要。王兴学老师不是我的授业恩师，但是他领我进了学校。于是，我才遇见了韩文顺老师做我们的班主任并且一直教我们到小学毕业。我们班也成了学校有史以来升学率最高的一届，我这样一个天资愚钝的孩子，也以较优异的成绩考进了沙洲中学并在四年后考上了位于风景如画的都江堰的一所省属中专，意气风发地成就了另一段人生佳话。

走进和平小学，在这靠山而建的校园里，我几乎没听说有什么卓越的学生。我的老师都是普通的山村教师，他们都住在乡下，家里一半也都是农民。学校也很简陋，学校外有个篮球场，篮球场的地板是沙地并没有边界线，球场边是一条小路，路下就是庄稼地——其实学校除了靠山一侧外三面都毗邻庄稼地。学校篮球场两个篮球架平常都不给篮圈挂网布，体育课多数就是打打皮球或者篮球——当然体型更小的皮球多过篮球，旁的就剩下孩子们自己玩攻城之类的游戏。学校后面有一片梨园，梨子是青皮梨。我没吃过那里的青皮梨，但那些青皮梨个头很小——我认为没法吃。在梨园后面的山上有一大片青冈林，也夹杂着一些板栗树。学校操场前面不远就是刘家河了。河水最猛烈的时候涨到了操场边上，浩浩荡荡的水流，黄河一样咆哮，叫人禁不住心惊胆战。

我在土墙筑的教室里念书，窗户几乎没有玻璃——冬天，刺骨的寒风会吹进来；夏天，调皮的雨点会飘进来。可我在这简陋的校园里读书，一读就是六个寒暑。校园里有几个花坛，花坛里长着胭脂花、红苕花、七盘花以及菊花。这里的花不需要刻意栽培，花长在校园里，每一年都会开，姹紫嫣红，煞是好看。这些并不名贵的花，用它们亮丽的青春，构成校园美丽的风景线。它们的花此起彼伏，络绎不绝。它们陪伴着我们的欢声笑语，听我们琅琅的读书声，看我们在洁白的画本上描绘着美好未来。

每一年，我的班主任韩文顺老师都会在我的小学生手册上写"该生踏实诚恳，有一定进步"这样的评语。这是对我莫大的鼓励。其实，我并不优秀，而且，最初也曾调皮捣蛋。韩文顺老师给了我一次深刻的教训，才让我真正地改变了学习态度。

大约是在二年级的时候，我的学习成绩还是全部倒数的排名。那时候，我的玩心也不知道怎么就收不住。在大冬天里的一堂语文课间休息，我在教室里乱跑竟与韩文顺老师打了一个照面。他问我课堂作业写完没有，我心头一惊，但很快敷衍说写完了。我对他撒了一个谎，我原想这也没什么，很多学生都没写完课堂作业。

重新回到课堂，坐在刻痕斑斑的课桌前，韩文顺老师竟点名要我把课堂作业拿上讲台检查。我一听这个，偷偷环顾一下教室，同学们都埋着头。我有些犹豫，我的确没有写完课堂作业。韩文顺老师声音更加严厉地叫我的名字，我恨不能找个土洞钻进去。我只好拿着作业本走上讲台。这时，我不敢正视韩文顺老师的那张脸，那张方脸平常都不苟言笑，这会儿更是阴森恐怖。但我又想没写完也没啥，下课补起来就行了，又不是我一个人没写完。

翻开你的课堂作业！韩文顺老师像个将军对他的士兵发号施令。我双手发抖地翻到刚刚起头的页面。半个字也不敢吐出来，我不知道他会怎么罚我。我是见过他打学生耳光的，那声音很响很脆，被打的学生脸红成猴子屁股。还有他手边的教鞭，拇指粗细，一棍下来必将起来一条血印。我今天算是栽了，我心里打着鼓。

撒谎，你敢撒谎？你不是说写完了吗？你的作业呢？韩文顺老师在讲台上决意要收拾我了。韩文顺老师没有了讲课的兴趣，空出时间来修理我。这节课是我整个冬天最难熬的一节课。所有同学没有一个敢吭声，大气也没人敢出。我被命令站到讲台前，我的身姿是歪斜的，连脚都是歪斜的。

站成八字，给我站好！韩文顺老师的命令我似乎没有听见。于是，他走向我，用他的大脚靠了我的一双小脚。此刻，我的心里除了害怕以外，也有一些不甘。我是有错，但为什么受罚的只是我。后来，我很幸运地逃过一劫，韩文顺老师并没有打我，只是罚我在讲台前示众，大约10分钟他就饶过了我。

《谁打碎了花瓶？》伟大领袖列宁小时候勇于承认错误的一课并没有带给我深刻的启迪。但是，我要做一个诚实的人，韩文顺老师给了我深刻的教训。而我更怕在后面的学习中再次被韩文顺老师抓住，第二次绝对没那么轻松了。对韩文顺老师的敬畏让我必须端正自己的态度。

韩文顺老师的家也在母家院，但上小学期间我没去过。因为我不是优秀的学生，我一次三好学生都没评上，学习标兵也没当过，所以，我不敢去他家。在山村教小学很多年了，韩文顺老师落下了咳嗽的毛病，他讲课的时候不时会咳嗽，但他几乎都会选择坚持给我们上课。他用白色的粉笔在黑板上为我们打开知识之窗，那些像白雪一样的粉笔灰也许对老师的肺就是噩梦。敬爱的韩文顺老师累坏了身体，也许那个咳嗽应该叫老师的职业病。在不紧不慢的小学记忆里，我也在韩文顺老师的教导下逐渐成长起来，他端正了我的态度，指给我一个远方。

六年小学就要毕业了，我终于从全班末流跻身全班前三名。我们班毕业考初中，包括我在内的三个人进入全乡前十名。小学升初中没考上的寥寥无几。小学六年级这一年还有一件事让我尤其兴奋。这件事不是我获得"双学积极分子"唯一一次登上乡中心小学六一儿童节领奖台并赢得钢笔和笔记本。这件事也不是因为我在学习上用刻苦努力取得了长足进步，从而对未来充满信心。这件事是在临近六一前一天，韩文顺老师突然交给我一项重要任务。

六一前一天下午，学校里面发放旗帜，要我们在六一清早赶到刘家场集合，再开进乡中心小学。韩文顺老师将学校里唯一的一面五星红旗交到我手上，要我做旗手。我成了全校走在最前面的人，我是五星红旗旗手，这是多大的荣誉和多大的信任啊！

六一早晨，阳光引领我向刘家河上游进发。刘家场街尾的沙地上，我们在那里集合。我身穿白衬衣戴好红领巾，高举五星红旗向环梁嘴方向进发，奔赴刘家场。大山里的孩子们纷纷拥向那里，那里成了一个焦点，那里五彩的旗帜飘扬，欢乐的鼓乐震天。队伍在八点半集合完毕，全乡所有小学以校为单位，队列整齐地穿过刘家场，向永红乡中心小学徐徐开进。而我在和平小学队列前沿高举鲜艳的五星红旗，齐步向前，昂首挺进。我内心的激动超过以往任何一次六一儿童节，因为我是红旗手，我走在队伍的最前列……

在花季和雨季之间

一

16岁是人生的花季，17岁是人生的雨季。我似乎也认同这样的观点，我也从那个美妙、朦胧、惶惑的过程中接受命运之神的洗礼，从中走过，感慨良多。

人生啊，什么时候奋发？什么时候觉醒？什么时候懂事？

对我来说，或许就是在一个看见别人挑灯夜读的晚上。我忽然告诉自己，不可以就这样草草地结束我的中学甚至学业生涯，我要继续读书，我要走出大山。内心强烈的渴望不知从何而来？

滚滚江涛从我的耳畔呼啸而去，南坝中学的冬夜让人隐隐有些害怕。这座建立在乱坟岗上的校园，一些陵园的石料或墓碑作了台阶。在恐怖的废墟上重建一个新的栖园，作为众多山乡学子梦的新起点，时间也不知不觉过去了很多年。琅琅读书声是充满阳刚正气的声音，足可以压倒一切歪风邪气。

迂回经白水老街，沿着江边的河滩小路，走一个小时，跨过白龙江，翻越五里垭，就能看到我的故乡刘家河和平村何家坪了。九曲回肠的刘家河是我蜿蜒曲折的母亲河，在何家坪住着我含辛茹苦耕种的父亲母亲，我则承载着他们读书识字的希望……

二

挑灯夜读，勤以补拙。

我的学业尚可，全班前几名。九三级毕业生六个班，200多人，我不是最优秀的那个。我的天赋只能说平庸。我没有更多的学习资料，除了老师的教导和学校发下的东西。我的家庭原本贫寒，父亲身体也不好，根本不可能获得丰富的学习资源。

回望前几届的学友，能考出去的寥寥无几。压力和欲望一同在我的内心缠绕。这时候，奋起直追或许还有一线机会。

工字形教学楼，漏风的教室，漏风的宿舍，简朴的食堂，三点一线的距离被我丈量。每周至少上六天课。每天清晨七点是早自习，一天七节课，三节晚自习。天不见亮起床，我要比别人更早。夜深人静，点起蜡烛继续读书，凌晨12点前绝不收工，我要比别人睡得更晚。每一周母亲给我四块钱生活费，我把其中一元钱用来买蜡烛，一毛五一根的蜡烛。买蜡烛剩下的一毛钱，我偶尔买几颗水果糖慰劳自己——瞌睡的时候可以用水果糖的酸来提神。

如此饱满而充实的学习，让我内心充满了热情。寒冷的冬天里，我的手脚冻起了大包小包的冻疮，又痛又痒。衣衫单薄的我内心里却是温暖的。蹒跚翻越白龙江边寒冷的冬天，我向春意浓浓的新年进发，待到七月——如火如荼的夏天走进县城中考考场或许就能一展抱负了。

那时候，我每一天都摩拳擦掌，每一天都跃跃欲试，每一天都积极进取……

三

我开始头晕，我的担心也慢慢地生长。

我生病了，我怎么能生病呢？校医说，可能是神经衰弱，用脑过度。

天哪！我不敢相信这是真的。我的梦想还没有实现，怎能半途而废。校医开了一种叫补脑汁的冲剂，喝了几次便有所好转。校医说，治标不治本。校医是我语文老师的夫人，她也只能帮我这些了。

我给自己的未来蒙上了一层阴影。

我不能放弃，对学业的努力。我要考上中专，我已经付出了很多。只要还有希望，我就要拼搏到最后一刻。我不去理会那些昏堂考生的惨痛教训，我想或许我在那一刻会侥幸渡过难关。

天道酬勤！

我向积极的一面展开。命运的安排一定要在1993年7月做一个了断。退一步来想，即便考不中中专，退而求其次——考技校也是一次走出农村的机会。作为宝珠寺电站库区移民子弟，农村孩子也有考技校的资格，虽然也不容易，但比中专这条路要更有希望。

我选择了双管齐下的报考方式备战升学这个人生目标……

四

折戟沉沙！

我倒在了公布中考成绩的时候，榜上无名。这是我拼尽全力的结果。

1993年7月是我人生中最失落的一个7月。我在县城里徘徊，陌生的县城——教育局院子里花开花谢，外面的小学热闹如常。而我的物理和化学奇怪地以 55 分和 33 分回报了我的心血和汗水。

多么刺眼的分数啊！就因为我考试的时候有点蒙圈，然后就这样刷出了从未有过的低分。我的底线彻底崩溃。如果它们有 60 分，我的命运和心情将会迎来逆转。我从未考出过的尴尬分数狠狠地伤害了我的自尊心。

委培、预科这些我倒是可以选，但高昂的学费呢？我不敢想一年两三千的天文数字，我的父母如何承担。显然，这条路是行不通的。回家如何面对父母，我都没有想好该怎么给自己一个台阶下。

仿佛有很多嘲笑的声音在回旋。你不是学习成绩很棒吗？你怎么考成那个样子呢？毕业会考的时候你不是全校三个上 600 分的学生中的一个吗？上了中考考场怎么就不行了？原来也是不踏实的主，原来也是功夫不到家啊！

我没有别的去处，只有回家。我只有硬着头皮回去见父母，听候训斥和责骂。翻山越岭地出来，再翻山越岭地回去……

五

1993 年 8 月，我在不紧不慢的时光里疗伤。

我似乎遗忘了一件事情。也正是因为已经遗忘了，所以这件事情才又突然将我唤醒。我参加了技校招生考试。唤醒我的是院子里一起长大的兄弟小健，他等来了他姐夫送来的通知，他上了技校统招线，他兴奋地告诉我：阿九，你也上了！分数还多一些……

在那个黑漆漆的夜晚，我和小健坐上他姐夫开的林业公安三轮摩托警车，风驰电掣般离开刘家河，翻越五里垭，甩开白水街，奔驰在去县城的油路上。

车到天皇乡街上的时候，小健姐夫开的三轮摩托车出了点问题，走不了了。于是，我们便夜宿于天皇乡一个小旅馆里。

第二天早上，我们在雾色中继续前行。在某个上坡弯道口，一辆下行的东风卡车差点和我们撞上。还好小健他姐夫刹车快！我们扑棱一惊，但安然无恙。小健他姐夫狠狠地骂了一句对面的汽车司机，而后，带着我们继续赶路。对方看见我们车上的警灯，忍气吞声地离开了。

经历了六七十公里颠簸，我们终于有惊无险地到了县移民办大楼。

县移民办的大楼仿佛是整个县城最高档的办公大楼，漂亮、高、新……我的内心从奔波中平复下情绪，我考上了技校统招——这也是很多学子复读多年也越不过的分数线。上千学子，竞争十几个名额，其中的惨烈可想而知……

六

日上三竿的时候，我和小健已经身在县移民办大楼里，恭候移民办管招生的李云先主任大驾。

李大主任来了，一群人围了上去，众星捧月般将他迎进了招生办公室。李大主任出现在我眼前，我才发现他是个大块头，方脸，和善的胖子。李大主任对上线的学生说：

从高分到低分选报志愿，不要弄重复了，名额有限！

我查到自己的分数，排名比较靠后，心中有一种委屈感油然而生。面对人生的抉择，我似乎依然有些身不由己。不多的选择里，我只能选自认为较差的选项。

有一个水电五局技校招收烹饪专业一名，我觉得还算不错。中午的时候，父亲也赶到县移民办与我会合了。父亲找到李大主任说了很多好话，喊他关照一下。李主任倒是热情，答应得也挺好。

第二天，我填好了志愿表。我的美梦还没做完就醒了。很快，李主任就跟我说，有个分高的要选这个学校，煤矿技校要招的名额多些。煤矿技校——煤矿工人，我眼前出现了自己乌黑的面孔，不禁悲从中来。

一个山区来的女生报了这个煤矿技校，我去那边也不是一个人了。可是，女生一般不会去井下作业，所以，没关系。男生的工种要艰苦得多。我越来越犹豫，难道心比天高，命比纸薄？

我心中的气愤终于被另一件事触发。当我犹豫并且厌嫌这个煤矿技校的时候，我的一名比我高几分的复读生同学凑过来劝我放弃。他姓岳，岳飞的岳，但他是个有心机的奸诈之人。这时，我瞥见某个角落里另一个曾经在中学参加打群架的九二级校友也在彷徨。我认出他是谁，他姓曹，曹操的曹，他的分数差点才上统招线，高分人群有人退出，他可以递补。我被劝说放弃煤矿技校名额，岳说曹的一个亲戚是县司法局局长，后台硬。他说这话，我只长长地哦了一声。

想了想，我还真的选择了放弃。我不是因为被某人威胁，而是我觉得自己不值。我要复读，决心很快就下了。李主任听见我说不读技校了，也心头一惊，说：小伙子，你想好！机会不多哦，也许过了这个村就没这个店了。

小健也来劝我，说：我们两兄弟一起报读煤矿技校吧！你别放弃啊！

我说，我决定了。我说，兄弟，我不能拖累你。你报粮食技校多好，会计专业，林业代培，毕业就分配事业单位林业局……

父亲没有用较多的言辞劝我把握机会，因为他也反对我读那个学校，说，你妈也不会答应的。退就退了吧，咱明年重考！

从县移民办大楼出来，甩开小县城的街景，我忽然有了一丝轻松……

七

新的开始，我先要治愈我的头疼。寻了个老中医开了好几服中药熬了吃，苦得很，但我知道良药苦口。药也算没有白吃，我逐渐好起来了。

我开始注意劳逸结合，我重新找回自信。我回到了我的中学，刚好柳校长决定办一个补习班。柳校长也是这个补习班的语文老师，对我表示了欢迎。

我回到家乡准备迎接新学期、新开始，父亲上县招生办退了高中录取通知。主管高中录取的老师对我父亲说，多可惜啊！你们家孩子是我们寄予厚望的重点尖子生啊，就这样放弃了上高中考大学的机会。

新的压力是我新的动力。我从什么地方跌倒就要从什么地方爬起来。

我回到了我的中学，一些成绩还算不错的校友也回来复读了。其中，我隔壁班的一个叫简子的女生本来过了中师录取线，可是被告知体检不合格——大好机会就这样折了。人生的不幸就这样发生了。重新来过，谁知道结局是什么呢？

既然复读了，我们就只能一同努力向前。开学几天，好几个准备跟我一起重上中考战场的同学毅然放弃了复读，他们被市里一所财经校的委培或预科名额录取走了。他们的家境好些，承担得起那些我望洋兴叹的费用。

我只能重新埋头于初三的课本里，一面学习实验版教材，一面复习人教版课本。因为新的招生方式可能会推行。我们在这新的尝试中——其实是教育家新的尝试中耗费着时间。因为，后面的事实告诉我们中考依然以人教版教材内容为主，实验版教材只到毕业会考——说好的三加二方案宣布流产……

八

经历了多半年的南辕北辙，我们又要重回老路。幸好，我们还熟悉人教版教材内容。受到一些干扰，但还不至于像一直没有学习人教版教材的应届毕业生那样慌乱。

1994年6月一开始，我便给自己放了假，回家乡休养生息，给自己减压。因为在学校会面临学友之间一些难题的讨论。我被一致看好，而重塑以来更多的信心积累，仿佛就要迎来一片光明和喜悦的秋天了。即将到来的收获季节，我或许真的会迎来扬眉吐气的那一刻。对我来说，最重要的是保持清醒的头脑。

1994年7月的中考在一场犀利的雷雨夜之后，徐徐拉开了序幕。天空滚滚云烟缓缓退开，我昂首走向考场。走在县高中校园林荫道上，我有了意气风发的愉悦感。走进考场，我显得更从容了一些。

从比较低调的语文开始，我的考试状态渐入佳境。语文的作文没有写好，我并没有慌乱。我以较为平和的心态面对后面的考试。物理、化学这两门尤其坑苦了我的学科，我也考出了前所未有的信心。其中一道化学应用题计算结果算错了，有点遗憾。这一年考完，我想我也不会再复读了。考完一门，我便轻松一大截。

三天的考试顺利结束，我头也不回地直奔汽车站，走上回家的路。这一次中考，父亲没有来陪我。我独自完成了第二次技校招生考试和中考两轮大考。我忽然觉得自己成熟了许多。我可以独自面对人生的重大抉择了。其实父亲在也帮不了我什么，父亲不识字，在家乡待着反而更好。

走上东桥边一辆大客车的车门，我遇见了我的政治老师熊老师。熊老师微笑着问我，考得怎么样？我信心满满地说，好！今年能考上……

九

回到家乡，一待就是十几天。中考成绩要公布了，技校考试成绩也要公布了。我的内心又有些忐忑。我怕老天给我开个玩笑，然后，我的一切努力都幻化为泡影了。

距离发榜的时间越近，我越是内心紧张。我甚至害怕自己比去年还不如。我身边没少那样的例子。

我骑着自行车去了中学，我在数学老师邱老师那里吃了泡面当中午饭，然后，在空荡荡的教室里睡了个梦见自己落榜的午觉，便含着眼泪醒了。从噩梦中醒来，我一面揉眼睛，一面走在烈日照耀的校园路上，走近学校办公室后窗，突然，听见电话铃急促地响起……

学校里的三年级主任李老师抓起电话。这时候，我听见电话那头好像在念过了调档线的学生名字。那边念，李老师在这边重复并记录。我听见我的名字，听见我另外两个女同学的名字。然后，蹬起自行车就要离开。内心的喜悦让我脚下生起了欢快的风，很凉爽的风。我听见背后李老师喊我，给简子说一声去县里体检。

我长长地应了一声。然后，欢快地向老家飞驰而去。我还不知道自己的成绩怎么样，但心中的石头落下了一半。我要在第二天就赶到县里去，揭晓一切的答案。

第二天上午，父亲兴致勃勃地跟我到了县里。穿过似曾相识的城关小学校园，我们径直向里面的教育局招生办走去。

刚一进县招生办门，一个女同学有些失落的表情在看见我的那一刻笑了，并向我竖起了大拇指："祝贺你考上了省属中专，统招线还超分了。"然后，她不无遗憾地说，把你的分借给我几分，我也能考上市属中专统招了。

我抑制住内心的激动，落实我的考试成绩。在花名册中，我看了所有考生的成绩，我是并列全县第三名。我特别看了物理和化学两门功课的成绩，物理90分，化学85分。这真是一个扬眉吐气的好结果。

从县招生办出来，在城关小学路上，我又碰见了县移民办管招生的李云先主任。大腹便便的李主任还是老样子，一年时间不见没什么变化。只是跟我说话的语气更柔和了，他说，今年的技校专业任你选，没人跟你抢了。我笑而不答，心道：还是留给别人吧！我走了，我身后有人跟李主任说，他考上了中专，才不稀罕上什么技校呢。

我面红耳赤地走出县教育局那片幽深的院子。忽然感觉整个天空都如此开阔，而县城也无比美妙，所有的行人、商贩、房子，都有一种亲切感。这个感觉难道就叫扬眉吐气？我内心的喜悦，自在我内心放纵。

接下来几天，我在招生办老师的重点指导下，填好了第一、第二、第三志愿。重新回到家乡，母亲说，在白水街口看见了中学发的红榜，我儿上榜了！一家人也因为我一个人的喜悦而气氛欢腾。

后来，我被一所省属重点中专学校光荣录取。在9月里第一次踏上火车，穿过一场酣畅淋漓的大雨，辗转昭化，经成都，去都江堰，开始我全新的校园生活。再后来，弟弟升上了我曾就读过的初中学校。在我放寒假回家的时候，弟弟说：哥哥，你在我们中学就是一个传奇……

南漂记
——关于弟弟在千禧年的南行记事

一

2000年秋天，我面临着人生一个重要节点。步入弱冠之年的我，即将告别校园生活，踏入社会，走上工作岗位，不禁有些踌躇满志。这时候，我忽然想起了这个被称为千禧年的特殊年份，一开始我们的家庭便迎来了祖父去世的噩耗。熬过艰难的春夏，父亲的一场吐血的疾病吓得我脸色巨变，我们一家在惶恐中熬到了秋的来临。这一年秋天，我信心满满地走上学校欢送优秀毕业生的操场检阅台。我将告别故乡，告别土墙瓦房共同营造的简陋蜗居，告别含辛茹苦供养我读书成才的父母，告别悉心教导我的老师，告别风景如画的校园。我对人生的美好憧憬将从这一年秋天徐徐打开。

我所就读的长城工业学校是一所老字号国营企业旗下的职业技术学

校。我所修习的机电专业，在市场经济浪潮汹涌澎湃的大背景下，并不是很难就业的专业学科。这所老字号的学校在我心目中有着不俗的底蕴，而几年的求学也让我满怀信心。我们一行十余人在学校荣誉的舞台接受校友们的欢呼和送别，我们以第一批被学校推荐就业的优秀毕业生身份踏上向南追梦的征程。我们将去广东一家网络公司实习和上班。网络一词，在我身处的内地县乡那是一个时髦的新名词。去网络公司上班更是让我充满好奇和期待。

母亲和哥哥一同为我送行。母亲抚养了我和哥哥长大成人，供我们读书成才。哥哥一直是我们老家令人羡慕的学子，他以中考全县前三名的成绩考进了省属中专成为一名统招生。可是，毕业后，我的哥哥没有顺利迎来一个中等专业技术毕业生的上岗机会，更别说当所谓的国家干部了。曾经在老百姓眼中看起来顺理成章的事情，在我哥哥身上落了空。到处碰壁的哥哥回到了农村，像一只失落的燕子在浅丘中蛰伏。相比之下，我似乎比哥哥更加幸运一些，我没有哥哥那样优秀的学业，但是一毕业就能走上不错的工作岗位。

我的思绪在阳光明丽的秋天里翻飞。怀揣着母亲送来的血汗钱，随着火车咣当咣当的歌鸣一路向南方奔去，我的眼角不禁湿润起来。我想我一定要在南方闯出一些名堂，混个衣锦还乡的模样。我想我也可以是父母引以为豪的一部分，对于我们那个被苦难折磨多年的贫寒农家来说，太需要一些振奋人心的事情了。

二

过了绵阳就是成都。过了繁华的省会成都，我这种从没出过这么远家门的农家子弟的眼界不断开阔。我正向更加繁华的广州而去。风驰电掣的列车正引领我奔向 2000 年秋天的纵深，划开冰雪对季节的束缚，奔向阳光温馨的春天。

两天后，我已身在广州人才市场。我们一行人在广州人才市场等待。命运似乎跟我们开了一个玩笑。我们的带队老师领着我们一起在广州人才市场彷徨。说好的网络公司呢？只有两个人被选走了，剩下大部分人被散留在广州人才市场。在南方最大的城市一角，我们等待着命运的安排。

带队老师越来越心浮气躁，我身上的盘缠越来越少。我想我得尽快找一份工作，先找到一个落脚点，再考虑后续的事情。带队老师在每一个走向我们的公司来临时，并不为我们做更多的交涉考虑，总是说这个公司不错，你们去不去？至于公司所提供的岗位辛不辛苦，我们是否能够承受那些与专业无关的体力劳动，那是他们不考虑的事情，去不去和能不能去都是我们这样第一次出远门的学生自己拿主意。他们考虑的是把我们全部打发出去，然后回学校交差。我心中的愤怒无从发泄，可是我更加不能如此偃旗息鼓地回到家乡。

逗留了两天，我被一家加工企业要走了。这个加工企业叫中茂，我进去做的工作是打磨，每一天都做打磨。在粉尘很大的工作环境里上班，我每天都戴着口罩，压抑的气氛可想而知。在这样落差巨大的工作环境中苦苦挣扎，我不知道自己的未来在何方，难道我要一直这样打磨下去……

写信回家，我不敢说我做的工作内容，家里人会担心的，父母的牵肠挂肚本来在我远离家乡的时候已经油然而生并且越来越浓郁了。我说我在广州过得不错，已经顺利上班了，工资也还可以。干了两个月，我领到第一份工资，给自己买了一部传呼机，我想以这样的方式告诉父母家人我过得不错。我的眼泪只有在夜深人静的时候悄悄地汹涌澎湃，在被窝里放纵一个人的懦弱。

几个月之后，我在中茂打磨的日子就要结束了。一个熟悉的主管看中了我的学习精神和踏实，他想给我换个质检员的岗位。我就要做质检员的消息在车间内迅速传开，车间里管事的那个"娘娘腔"胖子迅速浇灭了我的希望。他是湖南人，这个公司湖南人说了算，而我是四川人，质检员换成湖南人来当。我的愤怒和咆哮激怒了那个湖南"娘娘腔"胖子，我们发生了肢体冲突。很快，孤立无援的我便从车间主任也就是另一个湖南人那里得到了下岗走人的消息。面临下岗走人的结局，我忽然又坦然了许多。我扔下一句：此处不留爷，自有留爷处！然后，故作潇洒地离开了……

三

从中茂出来，温暖的广州便迎来了崭新的春天。在外过完第一个孤单的春节，我将迎来全新的开始。过去经历的种种不愉快，我想在新的起点迅速忘得干干净净。离开广州，离开人生第一份工作开始的地方，离开几个月打磨的糟糕环境，我是一只跃跃欲试的小鸟，展开有力的翅膀，寻觅属于自己的天空。

我的下一份工作，我自己的定位是做质量检验员。我看到一个招聘启事，南海市有一个名叫华捷的电子公司招聘质检员。于是，我追到了南海，准备一场隆重的应聘。我到了南海，这可是我初中课文中提到的那个南海吗？或许不是。但这个地方名字叫南海。我走到这里，走到南海，或许也是一种缘分。

我给自己认真打扮了一番，穿上西装，打好领带，擦亮皮鞋，准备去华捷公司人事部迎接新的考验。

一切出乎我的意料，或许，天无绝人之路就是这样理解的。来到华捷公司应聘的早晨，我发现两三百人一同竞争两个质检员岗位。这样的阵势，我并不担心和害怕。纵然这一次失败了，我还会勇敢地面对下一次机会。我没有足够的质检员工作经验，我的底气从何而来？或许，来自内心的渴望。

我从两三百人的竞争中脱颖而出，成为两个幸运者之一。这是我人生中第一个引以为豪的胜出。我想，我需要投入更多的精力加快速度学习和补强，做一名合格的质检员。随之而来的几个月工作，我在干净舒适的环境中度过，一切顺风顺水。

2001年是21世纪开局之年。我在这一年春天迎来全新的人生局面，我想我将在感兴趣的新岗位上迅速成长，一步步走上管理岗位。我想很多人都是这样过来的，从普通员工到主管到经理。我从两三百人的竞争中脱颖而出，再用几个月的时间成为一名主管，这个过程似乎都是按照我的预想发展。公司领导也对我印象不错，我的未来不是梦。

我唱着那首《我的未来不是梦》，徜徉于2001年的夏天。然而，风云变幻总是突如其来。我在南海的美好时光戛然而止，我的顶头上司换了，新来的领导用他的亲信。我被无情地替换了下来，重新陷入彷徨的境地。连招我入职的人也换了，公司老大易主，我以痛苦的方式领会了一句古话：一朝天子一朝臣！

四

从南海出来，我辗转去了深圳。

深圳是很多人梦寐以求的地方，我去深圳寻找新的机会。

我在深圳某个低端小区租了房子，并且认识了满族姑娘小雪。我以为我的春天就要在秋天结束的时候提早来临，一步跨越冬季。甚至，我感觉就要迎来一场爱情。小雪在一个公司做文员，美丽漂亮，善解人意。我在深圳找工作的日子并不顺利，低学历，工作经验不多，让我很难找到理想的工作岗位。

小雪说，你回家去吧！家乡也有不错的机会，成都、绵阳等城市正在蓬勃崛起。回家乡可以在学业上给自己再充充电。我也认同小雪的看法，而处于困顿中的我是不适合谈一场爱情的，幸福是一个高飞的泡影。

2001年秋天，我在深圳的街头偶然仰望天空，一只鸿雁划出美丽的弧线，指向我的故乡。离家一年了，一卷乡愁吸引我强烈地想念父母、想念家乡。

我似乎已经感到一种漂泊异乡的疲惫，而且，积攒不多的存余不允许我继续彷徨于无奈的深圳大街小巷。返回家乡是一个不错的选择。至少，我有了一些经历和一些成长，这些东西给予未来无形的力量。

告别人潮汹涌的深圳，我藏好小雪身着漂亮白裙仪态温婉的短发天使般的照片，踏上了回家乡的列车。在另一种激越的钢铁轰鸣声中，我向成都靠近，向绵阳靠近，向故土靠近……

越来越浓郁的亲切感再一次湿润了我的眼眶。回到家乡，结束了南漂的我想要参加自考历练自己，学习企业管理专业知识提升自己。放眼拥有长虹、九州等电子龙头企业的绵阳，众多公司林立，虽不比广州、深圳，但日渐繁华的现实告诉我，一定有我的用武之地……

倾听生命的挽歌

生活的空间好似一张广阔的棋盘，生命恰如一粒粒黑白相间的棋子，生生死死被造物主与死神玩弄于股掌之间。造物主一旦高兴时，便会毫不吝惜地赋予一个奇形怪状的肉体生命的权力，让他可怜虫似的跪在大街上向芸芸众生乞讨；死神一旦不高兴时，弄一批英年早逝的可爱生命躺在苍松翠柏之间，而它却自以为如一夜春风剪落红般平淡，继而将生死现象喻为花开花落，浪花一朵。

在我脑海里曾有一个既年轻热烈又坚强地为革命事业奉献着的人物形象，他的名字叫陈真。他是巴金的《爱情三部曲》中划过寂寞长夜的一颗流星。他的去世不是因为他严重的肺病，而是车祸造成的非命。他一生的梦想与追求便如此轻易地断送了。让人无法想象黑暗中死神在捆走如陈真般的生命时呈现着怎样一副狰狞丑恶的嘴脸。让人难以接受却悲成现实。仿佛因陈真活在离我有些遥远与陌生的地方，对于他的伤逝，我所表露出的情愫不过是深切同情与叹息罢了。

对于跟我缺少十分直接关系的诞生与伤逝，就像在观望生活棋盘上的变幻一样。一部分棋子消失了，另一部分棋子又涌上了棋盘，造物主与死神之间的对弈似乎没完没了地进行着，从而使得平凡的世界始终不会缺少欢笑，也不会缺少悲哀。而我很难进入角色地欢笑着、悲哀着。

但是，写作此文之前，我却两度进入角色倾听过生命的挽歌，并悲从中来。

第一次是在1996年的4月，我的一位年仅17岁的同学在都江堰外江的一潭死水中丧生。我参加了他的遗体告别仪式。殡仪馆外面的世界仍充满着明媚的阳光，而里面却庄严肃穆、阴气沉沉。几天前，他还是生龙活虎的小伙子。几天后，他却只能静静地躺在纸花丛林里，抛下含辛茹苦的母亲死去活来地悲哭。对于他突如其来的伤逝，许多人都在流泪。而我的伤感凝成我人生第一篇散文《四月的哀思》交由班里一位女生如泣如诉地倾入他父母亲人心里。他生前曾是我的好友，对他的伤逝我感觉失去了一个异姓兄弟，而且永远不能再会。向他的遗体告别时，我的情感第一次融入哀戚的音乐中，并深感难以消受挽歌中的每一个音符。

第二次是在新千年元月初，父亲和我护送爷爷的遗体往殡仪馆去，虽然我努力压抑着内心的痛苦，但是低沉的音乐，依然让我油然想起不言不语离开儿孙的爷爷，他正一步步走近焚灭骨骸的熔炉。爷爷跟我们一起生活了20多年，现在永远无法触摸他的容貌了。年过七旬的爷爷终究会离我而去，但这一天似乎来得太快，我多想再好好看他一眼，听他的故事，对他再孝顺一点，可是我和他已隔在了两个不同的世界里，我的思念只能烧在纸钱香烟中遥远地投寄。在挽歌声中，我越想越情不自禁，泪水不断要涌出眼眶，我多想痛痛快快地哭一场，宣泄我内心的悲情……我想送别爷爷是我对生命挽歌最贴切的体会。生命的挽歌是因悲而生的，每一朵音符都催人泪下，并深深地缅怀伤逝……

我眼中的改革开放 40 年

20 世纪 70 年代中期，即 1976 年，巨星陨落，伟人故去，唐山大地震，华夏浩劫……

第二年秋，我在 9 月应该月圆却暗淡如墨的夜晚新生，啼哭于四川省广元市青川县永红乡何家坪。一个贫寒的农家就是我成长的环境了，点亮我眼睛的是一盏煤油灯……

第三年也就是 1978 年，从水深火热中解放出来的中国，在经历了百废待兴的挣扎与困顿之后，走出"文化大革命"的疼痛，终于迎来崭新的一页——党的十一届三中全会胜利召开，随即便是包产到户，改革开放……

我用我平凡的肉眼见证了 40 年改革开放带来的巨大变化。我在 40 年间，读书、成长、工作。作为一个伟大时代发展变化的亲历者和目击者，不断增长和丰富的精神物质文化生活，也让我心中的感慨发于肺腑，言辞万千。

我出生就赶上了包产到户的农村变革，我们家有了自己的田地，耕种自由，水稻、玉米、小麦、油菜、花生、大豆、核桃、李子、杏应有尽有；我们家也有了牛、猪、马、鸡。房子还是土墙瓦房，但可以吃饱饭了——过年可以杀猪了——日子一下宽松了许多。电灯随即来了，黄黄的电灯神奇地取代了煤油灯。电灯让人兴奋不已，骡马加工打米磨面的时代也换成了电动机械。随之而来的就是电影下乡和电视下乡以及家电下乡，美好的事物接踵而来，让人目不暇接。

我赶上了比父母一辈更好的年代。我在1984年上了和平村小学，学习知识文化。我的父亲母亲，他们的童年凄苦得多——去学校念书的梦想止于贫寒。到了我该上学的年龄，母亲没有犹豫，带我去了小学。那时候，报名费五元钱……

改革开放的春风不断从东南沿海吹来，科技进步也是日新月异。我们家买起了上海造的机械表，我父母一人一块。我家买起了二八圈的自行车，乡村黄土大马路上的自行车越来越多起来。偶尔还有东风或解放牌卡车从我家门前的大路上呜呜呜地开过。

到了1986年，我家门槛下的叔叔家买起了彩电、洗衣机、冰箱。过了一年，我家也装配了一台17英寸的黑白电视机，大时代向我们展开了精彩的未来……

从来不敢想象的场景变成了现实，刀耕火种的时代一去不复返了，日新月异的现代文明正向偏远的乡村汹涌澎湃。

我的80年代记忆被隆重的龙年春晚推向幸福的高潮，而后，慢慢走到尾声。1990年秋，我从刘家河考出来，跨过白龙江，进沙洲中学继续念书。翻过五里垭，踏过白家沟吊桥，走出热闹的白水街，迎来翩翩少年时光的莅临……

我上学经过白龙江边一带，醋厂、造纸厂、机砖厂、酒厂、农具厂等机械的轰鸣奏响新时代繁忙的乐章。来自成都、上海、北京的服装、电器、物件等不断涌入山中小镇。从碧口到昭化的长途班车将一条柏油路延伸到阳光明媚的远方……

我还来不及细细品味故乡的种种变迁，时间便来到1994年秋天。1994年秋天，我考上了四川省水利电力学校，坐大客车，沿宝珠寺电站库区，风尘仆仆下昭化，上成兰铁路，过成都，去都江堰。这一年春天，一位老人在中国南海画出一个圈，深圳、珠海等明珠便从东南方冉冉升起……

荏苒的青春时光抵达1998年。那一年，我的中专时代就要结束了。那一年，黄河上的小浪底水库和长江上的三峡电站截流成功。从葛洲坝电站到三峡电站，我们迈出了领先世界的重要一步。我们曾经饱受列强欺凌的祖国正不断创造着人类文明的奇迹。在这伟大的时代里，我不是弄潮儿，但我是时代步入辉煌的见证者和分享者。

途经90年代高楼林立的成都一角，宽阔的公路上汽车如织，人潮汹涌。从山里走出来的我，被大时代的气息深深地感染着和震撼着。

走出象牙塔，迎来21世纪。我的家从宝珠寺电站库区搬到了江油新安。在江油新安放逐失落的青春，一个内地小镇很快被信息化数字时代带快了节奏。顺利完成香港和澳门回归梦想的大中国接连用长江大桥、三峡大坝、南水北调、西气东送、青藏铁路直达世界屋脊、神舟飞天、嫦娥奔月等辉煌成就，告诉世界一个伟大民族的迅速崛起。

小小的我在江油新安浅丘一隅，迎接着传呼机、小灵通、移动电话浪潮的冲击。彩电下乡补贴，让父老乡亲的生活越来越丰富，大世界被一条京昆高速路拉近。我们家在2006年修起了钢筋混凝土小楼，越来越多人家盖了楼，乡村也在发生着天翻地覆的变化。2008年5月的大地震，从龙门山系向幅员辽阔的中华大地摇荡。可中华民族的坚强以及对伟大复兴的渴望，雄心壮志，势不可当。历劫弥坚的家乡父老迅速完成灾后重建，一同为实现伟大的中国梦而奋斗。

北京奥运会的胜利召开，中国的大国风范令世界仰慕。紧随其后，地铁、高铁的兴起，辽宁号航母下水试航等，引领中国深度、中国高度、中国速度成为世界瞩目的焦点。这些之于我处在江油新安的乡村，无疑注入强大的牵引。作为普通百姓，我在感受到免除农业税、精准扶贫、新农合医保惠民等政策光辉的同时，一个宏大的智能机时代同时带给千家万户最便捷的沟通和交流，平凡人的生活也因此打开了万花筒。而团结和谐的新生活格局，正在公园式的社会主义新农村形成。深化改革开放带来的浪潮，正带着越来越多的奇迹涌入我平凡的视野。

目睹近五年来创造的奇景，一一呈现——鲜红的绸带拂过中国壮丽的山河，一抹贯穿时空、砥砺奋进的中国红成为世界亮丽的风景线；壮观恢宏的大规模航拍镜头记录下人类历史上最大的射电望远镜FAST、全球最大的海上钻井平台"蓝鲸2号"、玛旁雍错上迁徙的羚羊等；而中国桥、中国路、中国车、中国港、中国网，正在引领着世界崭新的潮流，指向诗和远方，风光无限……

第二辑　人在旅途

蜜蜂劫

蜜蜂是一种有益的昆虫。它们不仅可以传授花粉，有助于果实和种子的形成，还能制造蜂蜜。它们常常飞到离"家"几千米远的地方采集花蜜，勤勤恳恳，从无怨言。因此，它们深受人们的喜爱，被称为"辛勤的园丁"。蜜蜂集体生活在蜂巢里。每个蜂巢就是一个家庭。每个家庭由蜂王和许多雄蜂、工蜂组成。它们分工明确，团结协作，共同维持井然有序的集体生活，繁殖后代。蜜蜂属膜翅目、蜜蜂科。体长 8~20 毫米，黄褐色或黑褐色，生有密毛。头与胸几乎同样宽。触角膝状，复眼椭圆形，有毛，口器嚼吸式，后足为携粉足。两对膜质翅；前翅大，后翅小，前后翅以翅钩列连锁。腹部近椭圆形，体毛较胸部为少，腹末有螫针。一生要经过卵、幼虫、蛹和成虫四个虫态。蜜蜂过群居生活，蜜蜂群体中有蜂王、工蜂和雄蜂三种类型。蜜蜂为取得食物不停地工作，白天采蜜、晚上酿蜜，同时替果树完成授粉任务，为农作物授粉的重要媒介……

我怀着痛苦和忧伤的心情，重温一段关于蜜蜂的文字。我与蜜蜂的一次交集，对于与我拼命的蜜蜂和我自己都是一场劫数。那些蜇伤我的蜜蜂丢掉了性命，而我也伤势严重。我被一群蜜蜂包围，很艰难地挣脱出来。

　　时间回到 2011 年 8 月，父亲的生日越来越近了。我从黑水赶到茂县，再坐上了茂县到成都的一辆班车。这是我供职于四川能达水利水电咨询有限公司毛尔盖水电站工程监理部以来第一次回家。从家里出来到毛尔盖水电站工地，晃眼间已四个多月了。连接着家和工地的道路，213国道茂县到成都段在经历了 2008 年 5 月 12 日大地震之后几年依然很难走——泥石流或公路边坡塌方，让这两百公里不到的路段时常堵车，半个小时、一个小时甚至半天堵车都是经常发生的事情。汽车走走停停，人在路上，由车不由人。

　　8 月的天气，阳光火辣。我大汗淋漓地走在从茂县到汶川的路上。几个月没有回家了，我心中对家的挂念和对父母的惦记持续发酵。

　　这本是一次平常的行程。车停在路上，我打开的车窗里进了几只蜜蜂，我小心翼翼地将它们送出窗外。我一直很敬重蜜蜂，对蜜蜂这样可爱的小生命保持着绅士风度。窗外有不少蜜蜂在嗡嗡地歌唱。有人说，有辆车拉着蜜蜂从这条路上经过。

　　路边小贩或农民的水果摊上，一堆堆青幽幽的苹果格外诱人。我一早出门，为了赶车，没吃早饭。车走走停停，到中午还没有走出汶川。我只好拿苹果充饥，再喝点矿泉水。

　　我乘坐的大巴车缓慢地行走，汽车排起了长龙。

　　在一个停车的间隙，我下车去买水和面包。我急匆匆地奔向一个小卖部，不少过路人都在那店里买东西。买完东西，我急忙返回。可是，车流不知何时开动了。我找不到我乘坐的那辆大巴了。大巴车师傅并没有等我就开走了，我心里又气又急。路上彷徨，我一辆车也没有拦下来。

　　少时，我便大汗淋漓，无助地在风尘路上奔波。一群蜜蜂突然向我飞来，朝我头上放箭。我成了蜜蜂的敌人，我用手驱赶蜜蜂，越来越多的蜜蜂向我发起攻击。

我只能仓皇逃避。幸运地遇见一辆交警车，我跟交警同志说了我的遭遇。好心的交警为我拦下一辆小轿车，我总算逃脱了蜜蜂的追击。好心的汽车司机拉着我往汶川县城去，我的头开始发昏。

约一个小时后，我赶到了汶川县城。我在一个药店停下来，向卖药的大姐求助。她说她也没有治疗蜂毒的药，她说林业局医院可以医治蜂毒。我喝了她给我的两支葡萄糖，坐上一辆三轮车去林业局医院。赶到林业局医院，不巧的是他们的碳酸氢钠没药了。我只好再打的赶到县人民医院，挂了急诊。

那时候，我一个人在路上，在完全陌生的环境中苦苦挣扎。挂号，检验，每一个步骤感觉都很缓慢，我感觉自己快要昏迷了。我头也抬不起，我的身体很重。熬过了验血这一关，我终于到了治疗室，开始接受治疗。

日渐黄昏，我看见白衣天使。此刻，我把我自己交给白衣天使。此刻，在我的印象中，护士是如此美丽，医生是如此崇高。医生为我拔出头上的蜂刺，一根一根地拔。拔了很久、很久。我对医生满心都是感激。我在一张病床上躺着，有天使治愈我的伤痛。

随后，我开始输液了。输液的过程中，护士不时问我感觉怎么样，我的神志开始慢慢清醒。我忽然担心，我的治疗费用问题，如果需要几天时间，我身上仅有的几百块钱是否够用。热心的护士为我买来面包和水，我给的钱，她该退的一分不少地退给我了，她的真诚让人也由衷地敬佩。

输完液，我被安排到一个病房里观察。半夜里，值班医护人员不时问我有没有事情，很贴心、很温暖。听见我的应答，他们便放心离去。到了晚上 10 点，我感觉自己已经没什么大碍了。明早就可以出院了。半夜里对家的渴望又逐渐成了我思想的主角。我并不能告诉父母，我在汶川县医院挂急诊，并且一度很危险。

第二天早上，凉爽的山风吹拂我的华发，送我到了汶川县汽车站乘坐一辆大巴车，向成都赶去。蓦然回首，我在这一路上的遭遇，让我对于曾经饱受地震创伤苦难的汶川有了一丝感激之情。在我危急的时刻，我得到了善良的人们热情的帮助，从执勤交警到小车司机到三轮车师傅到出租车师傅再到医护人员，我并不知道他们的姓名。

对于蜜蜂，虽然有着一段不幸的交集，可我并不怨恨它们。人生的经历或许就是这样曲折，这样的旅途让我长久地铭记，一如铭记人间真善美，一如铭记尘世的曼妙，远远超过疼痛给予我的折磨……

人在旅途

　　人的一生是一场旅行。从故园出发，然后，从一个驿站到另一个驿站，在路上奔波，最后，连家也成了驿站。在路上，我成为一名旅客。在家里，我也是匆匆过客，尽管，我不太喜欢东奔西走，而是喜欢尽可能安宁地居住在一个地方……

　　转眼间，我已在黑水居住了四年有余，这几年大部分时间就待在黑水河畔了，只有逢年过节才回家住几天。回家而去，一缕乡愁悄然升起。休完假，从家里出来，告别父母，一种离愁又涌上心头。在路上，我穿过一些人的视野，他们是我人生中的过客，我也是他们生活中的过客。

　　在路上行走，我更能深切感受到，人生就是一场旅行。

　　故乡，曾经是青川刘家河，18年前的春天直到现在变成了江油新安。异乡在阿坝州黑水河畔维古乡。异乡正在成为熟悉的地方，尽管那是一个干风地带，植被并不茂盛。故乡开始陌生起来，尽管那是一个绿树成荫的鱼米之乡。而一条旅途连接着两地，我是路上匆匆的过客。

　　从故乡到异乡，成都是其中一个驿站。2015年9月25日一早，我从黑水乘汽车经都江堰到了成都。在成都犀浦万树森林二期同窗好友阿康家做客一天，2015年9月26日下午踏上了回江油的归程。

明天，2015年9月27日，也就是中秋节了。

做客成都犀浦，阿康给予我兄弟般的情义，阿康的爱人梅提前在网上为我订了回家的火车票。跟阿康家人一起吃饭，吃着阿康母亲做的腊猪蹄炖干豇豆、红豆稀饭以及豇豆包子，每一种滋味都饱含着家的温馨。康伯给我一次次地夹菜，就像父亲一样热情，生怕我吃不好，一不留神我碗里又多了鱼或者肉。就连上小学三年级的馨怡也对我说：何叔叔，在家多住几天。

2015年9月26日中午，跟阿康一家在盐帮菜馆子吃了午饭，康伯送我去地铁站。地铁站，步行并不远。但有仁爱长者为我送行——康伯就像送自己的孩子一样为我送行，我感觉到无比荣幸。走进地铁大门，过了安检。我在排队买票时，回头看康伯又进来了，帮我看着行李。直到我买完票，奔向地铁站台，康伯方才离去。

乘地铁2号线，我从犀浦到天府广场，转1号线至火车北站，一路行色匆匆。

刚下地铁，康伯又来电话，问我走到哪里了。此刻，我禁不住眼角热泪涌动。这一站，康伯送我离开，下一站送我的是谁？怀想比我父亲更年长的康伯，我由衷地祈愿——康伯健康长寿。而除此之外，我也不能为康伯再做些什么。对父爱的崇高敬意，也在我心中逐渐巍峨如山了……

经过火车站门外携带大包小包行囊的人群，他们从哪儿来，又要到哪儿去？他们是要回家还是远行？我并不十分在意，正像他们并不在乎我何去何从一样。我急匆匆地追赶下午3点20分的火车而去。走进并不太拥挤的火车北站站台，我又坐上从成都发往兰州的列车。

成都到兰州的火车，依稀记得还是20年前的样子，绿色的车厢。车次好像变了，也许，是我忘了以前坐过的车次。毕竟，这些年，我已很少坐火车。

　　在火车上，我突然想到，过两站就要下车的我，还不曾去过这列火车的终点站。而兰州，我早已熟悉的一个名字，那里是什么样子？那里的拉面是否真的好吃？那里的风景是否比成都更好？

　　未来，我还要去哪里？远方，还有多少不一样的风情？也只有时光老人知道答案，但他还不会告诉我，却要我自己跟着时光列车，去远方旅行。远方，谁在将我等候？下一个驿站，谁为我送行？也许，我还将孤单穿越滚滚红尘……

重回故乡

漫步于沙洲的新街，上一次是在 1996 年的冬天，白龙湖水正慢慢涨上来，淹没我的故园。那时候，白龙湖的风很大，天气也很冷，街面比较清静。那一年，沙洲新镇刚刚在苟家垭建成。那一年，我从都江堰放寒假回家，在沙洲新街遇见了初中数学邱元斌老师。两年不见，邱老师依然留着浅浅的络腮胡，见到我乐呵呵的样子。跟邱老师一起吃了酸菜豆花面，然后，邱老师回了沙洲初级中学，我乘船回永红去了……

不想，这一分别，竟是 19 年。

2015 年 9 月 30 日，母亲、弟弟一家三口和我一起踏上了回故乡的路。从江油出来，沿绵广高速路北上广元，一路秋雨越来越大。沿途葱茏的山林，烟雾蒸腾，挥之不去。过了剑门雄关，从木鱼路口下车右行，沿傍山公路继续前行，到中午 12 点左右，已来到沙洲镇。

沙洲镇还是依山傍水，悠然而居。悠悠白龙湖水将小镇簇拥。地点还是苟家垭。这也是经历了"5·12"大地震之后，重建起来的小镇。一些新楼，建于震后。印迹模糊的砖混结构旧楼已不能再见。

街面上有音响播放着筷子兄弟的《小苹果》，也有几家办酒席的，还是坝坝宴，街面上也能看见玩手机的年轻人。这里，与外界的街景差别不大。这里，赶集还是三天一次，逢4、7、10。认识的人并不多，但是乡音很熟，将我一下拉回到很久以前。而今，回到这里，我也成了外乡人，不知何去何从。

　　停好车，找地方吃饭，我看见酸菜豆花饭、油茶，仿佛又想起这本土的滋味了，比河鲜、干锅、火锅、串串、中餐五花八门的时尚菜品要诱人得多。从街头到街尾，几分钟就能走出头。找了一圈，弟妹进了一家中餐馆。我们点了青椒肉丝、凉拌肉、土豆丝、酸菜粉丝汤。我吃了一小半碗饭，却吃了两碗酸菜，绿菜叶酸菜又香又脆，真是可口。结账才68元，一点也不贵。

　　吃完饭，刚要从餐馆出来，初中三年级班主任李农老师来了。20余年未见了，我们紧紧地握手，并寒暄几句。我来不及多说些话，李农老师就匆匆跟他的朋友返回老家三锅石去了。再见李农老师，他依然笑容满面，仍不失帅气，只是岁月染霜，在他头顶并不肯融去。这世界并不大，可这匆匆一别，又不知何时再重逢。

　　午饭后，我们驱车去了沙洲初级中学。大门口，伸缩门把关，学生已经放假。保安不在门口，我们跟一个取东西的初三学生进校园，经操场，去教学楼，走了一圈，并在手抄报前驻足。我当年的老师们基本不在这里任教了，他们而今在何处，我一时问不出答案。我在这依然叫沙洲初级中学的校园留影。后来，保安来了，他说，不敢放我们在校园久待，我们只好匆匆离开了。

　　从沙洲中学出来，我们驱车去了码头。码头好像没变。那一泓深水及四周的山没变。几艘游轮泊在岸边。悠悠水波里，阵阵凉风扑面而来。这一方美丽的湖泊，现已成为钓鱼爱好者的乐园。而就是这一片不曾惊涛骇浪的水面，风雨交加，将我一位喜欢抓鱼的堂叔柴叔掀入水中——

他家已移居沙洲镇上并盖有小楼，柴叔却再也没有回来……

19 年，风风雨雨 19 年，带给故乡太多的悲喜和变化。就像一场梦，让人百感交集。

2015 年 9 月 30 日晚间，住在二姑家。二姑在沙洲开着五金杂货门面，虽然只有一个不大的门面，但日子还算不错。二姑一双儿女都成人了，二十五六岁的样子，在成都打工。夜宿二姑家，待窗外婚庆礼炮及歌舞慢慢安静，却迎来一个风雨交加的夜。整夜里，我们都难以安眠，害怕今年国庆节在风雨中开始，乘船去永红何家坪祭祖不是很稳妥。

2015 年 10 月 1 日早晨，我睁开眼睛便看见了阳光。吃过早饭，我们买好了祭祖的东西，也带上看望留守乡亲的礼品，去渡口码头。到渡口码头，二姑帮我们联系的船已等不住，开走了。在码头，我们逗留了约半小时，才找到一条同意去永红的游艇，票价 150 元，是正常价的三倍。不管怎样，我们找到回老家的船了。

跟一群钓鱼而来的外地男女同船，缓缓离开沙洲渡口。一抬头，我们便望见了望江楼和营盘梁。营盘梁，蜀国廖化曾屯兵于此，而今，他的营帐不在了，只有几条盘山的街生长在这里。

营盘梁上住着我的宏坤表叔。宏坤表叔是一个很和善的人，修电视手艺很棒，就连我家 80 年代第一台 17 英寸的黑白电视机都是他组装的。可以说，他用他灵巧的双手，为我打开了一扇通向大千世界的窗。从二姑那里得知，宏坤表叔家也发生了许多变故，他父亲，也就是我表爷，先是瘫了，今年又离世；他爱人，也就是我表婶，先是摔了一跤，摔断了腿，后来，又发生脑溢血，去广元抢救虽保住了命，但人也瘫痪了。孩子大了，在广元做网络维护，家里的事情都交给宏坤表叔一个人打理。

穿过营盘梁，游艇继续乘风破浪。百里水道，迤逦远去。经交子口（以前白龙江与刘家河的汇流处），游艇上钓鱼而来的人们纷纷下船去。船上乘客就剩我们一家五口了，继续沿原河道，过韩家坪，过母家山，过母家院，过丁家嶇，过张家坪，何家坪越来越近……

两小时水道，恍如蓦然；19年离愁，恍若昨天。

爬上段小坡，经一处猪牛圈。沿小路往上走，走到一户人家的院子里。站在钢筋混凝土支撑起的混凝土院坝里。来了一个婆婆，问我们找谁，弟弟说，找德春家。看见我母亲，婆婆便认出我们来了，婆婆是明叔他娘。婆婆说，这就是德春家。地震后房子修在这里了。我们第一脚就踏在德春叔家门口了，可家里好像没人。婆婆说，可能进沟打谷子去了，她打电话喊他们回来。

沿德春叔房后的水泥路在周围转一圈，远望泱泱对岸，环梁子被淹没一半，山上也是郁郁葱葱的树木丛生，一条水泥路从环梁嘴向五里垭以及营盘梁悠然远去。环梁子像一条苍龙静卧水中。

这里的民居，在震后跟我记忆中的差不多。土墙，排扇，瓦屋面，木板楼，木门，木窗，三米以上竹席挡风。现代建筑理念，在这里并未得到应用。滨水而居的乡亲，过着山里人的生活，时常也下网捕鱼。这里远离街市，但乡亲们也跨入了手机信息时代。

到了中午，英姑姑从沟里放下打谷子的活儿，回来了。还有她的儿子雄儿也一起回来了。英姑姑比以前黑，也比以前胖了，俨然成了小老太婆。雄儿已不再是胖墩小子，而是瘦高个儿，30岁出头的小伙。开了门，原来门里还关着6岁的小孙子。一看那瘦弱的小孩，真像他爹小时候，一样瘦得跟猴子一样。小孩子，叫成鲜，父母在外打工，在不同的省份，很少回家。德春叔生病，在营盘乡卫生院输液，要待一个星期。

一回家，英姑姑洗完手脸，便开始忙着生火做饭。雄儿去湖边，用手提网提起几条活蹦乱跳的鱼，上来，去屋侧的洗衣板上杀鱼去了……一个小时左右，饭就好了，豆腐、腊肉、香肠、包包菜等五六个香喷喷的乡土菜就上桌了……

吃过午饭，英姑姑讲起这些年的艰难。德春叔抽烟又喝酒，酒一天三顿，经常是醉醺醺的，脾气一如既往地小气暴躁。老二雄儿在地震前就病了，到处查都查不到原因，好像说是慢性肾炎。30岁了，一直没法干活，初中也没念上，现在媳妇也没法说。老大敏儿一年在外也挣不了几个钱，家里两个药罐子，还有一个小孙子念小学了。孙子成鲜，6岁了，才30多斤。这家靠英姑姑勉强支撑着。现在的环境，最大的问题是交通不便。没有船钱，就只能望湖兴叹。靠山种地，野猪又多，还不准打。

下午，寻找曾祖的坟，雄儿带我们一起去。到了曾祖坟前，我们却不敢肯定。后来，找来天银爷爷，我们才确定下来。在曾祖坟前，我深感愧疚，常年在外，已经20多年没来了，连地方也快遗忘了。在曾祖墓前，烧纸，焚香，叩头，倒酒，放了一大圈鞭炮。从曾祖墓下来，我们到附近乡亲家坐坐，跟他们拉家常，听他们讲旧事。

明叔他爹在拆迁后没两年，一场暴雨天气抢险时被压死在倒塌的土墙下了。明叔接老爸的班，在姚渡木材检查站工作，菊姑姑开游艇挣钱，家里还接待钓鱼的游客。膝下两朵金花，长成了大人，念完书，结了婚。现在，乔庄有房，广元有房，日子过得挺安逸。

老支书天六爷，跟天银爷一样，耳朵有点背了，身体还好。天六爷的老伴郭婆婆身体也还硬朗。腊生叔的儿子考上了四川农业大学，在达州念书。呆子叔还是不言不语，头发开始白了。

老电工天军爷也过世了。蓝婆婆75岁了，身体却不像20多年前那样总是病歪歪的。几个儿子都在外打工。小儿子小全叔前几年弄断了手指，快40岁了也还单身，在天津一个建筑工地做钢筋工。见到小全叔，他比以前更胖了，180多斤，门牙缺了一颗，一副乐呵呵的样子。在外面，一天可以挣400元，最多的时候可挣1000元，虽然苦点，但也还算可以。

赤脚医生云叔已不在何家坪后山居住了，房子卖给了一户姓赵的人家，去了县城乔庄，人也挂上了双拐，两个女儿在乔庄做生意，儿子在竹园林管站上班；河沟对岸曾经爱唱歌、精气神很好的彭队长，也瘫痪了；洪秀阿姨的小儿子前些年开车出了车祸，前一个儿子夭折了，后面的儿子两三岁，娃儿他妈在镇上胡混……

时间过得很快，湖心几只游艇拖着长长的水浪跑过，柴油机撒下嗒嗒嗒的马达声，交给即将到来的山村之夜。

黄昏里，雄儿划着小木船，在湖边下网。夕阳下，一幅写意的水乡画面印在了我的脑海。这样的黄昏，没有风，很安静。雄儿说，想抓几条鱼给我们。英姑姑说，雄儿今天比以往都可以，活动得多，坚持得久。看上去没啥毛病的雄儿，遭受了命运的折磨，同时，在艰难的生活环境里压抑地生活。夜深人静，我默默地祝福雄儿早日好起来、他的家庭早日好起来，还有其余叔婶以及爷爷婆婆幸福安康……

在白龙湖的呢喃里度过一夜，第二天早上，英姑姑给我们煮好了饭菜，腊肉、香肠、豆腐、酸菜面……吃饭的时候，英姑姑给我们热情地夹肉，每一片都饱含着浓浓的乡情。吃完饭，我们就要随明叔和菊姑姑的游艇离开了。去营盘梁看完我的宏坤表叔，我们就要返回绵阳了。

2015 年 10 月 2 日早晨，阳光像昨天一样明媚，而且，风很轻柔。我们正收拾行装，郭婆婆和秀姑姑，两位七旬老人赶了十几分钟山路来了。小全叔也一早赶来了，为我们送行。她们原本是来接我们去家里做客的，却赶上为我们送行。忽然间，郭婆婆、秀姑姑、英姑姑含着眼泪，想要我们留下来，再说说 19 年未说的话。时间将我们的情感一下子拉近了，想想后靠的乡亲们的酸甜苦辣，想想这人间沧桑，我内心感到有些沉重。也许，即使再过几天离开，难舍的乡情还是一样让人感慨万千……

随游艇缓缓的离岸，离开土生土长的山，离开故园何家坪，我们迎着明媚的秋阳，跟随一轮轮波光渐行渐远。一个小时左右，我们就来到了营盘梁码头。沿着游艇聚集的营盘梁码头水泥路，拾级而上，到最顶层第四级那条街。正彷徨于寻找一个超市买点东西好走人户，走进了红运副食店，居然一头撞进了宏坤表叔家。见到宏坤表叔，他比以前苍老了许多，但还是一副乐观的神情，爱说爱笑。我的兴会表婶正坐在店内，状况比我们想象的好点，神志清醒，只是不能行走。宏坤表叔放下手中的饭碗，去给我们煮醪糟蛋。在宏坤表叔家闲聊，我得知我的小学班主任韩文顺老师已经过世，语文赵兴成老师身体也不大好，得了冠心病。听到这些，我不禁悲从中来。这些年的变故确实太大，太大……

离开营盘梁，我们乘船往沙洲而去。

船上，我忽然想起一句话：美不美，家乡水；亲不亲，故乡人。以后，无论我在哪里漂泊，我的根都在故乡。故乡住在我心里，我的血管里流淌着美妙的乡音，像一条河奔流不息……

佛爷洞朝觐记

禅林在哪？菩提在哪？佛光在哪？

源自南海普陀山的风将我放在涪江边。而我从一场春梦里醒来，穿过龙门，穿过青莲，可是，追寻的脚步停不下来。后来，我才知道自己是一条无法完成飞跃的鱼，一生都只能在路上。

不紧不慢，悠悠梵唱引领我，一直向翠色深处游弋。

青莲在左，江油在右，一湾清水穿心而过。转眼，我便淡漠了青春季节，而我也在火热的夏天混沌了双眼。一朵朵青青的碧莲，碧玉般美妙，可它们都成为我的背影。爱情谷的万紫千红、读书台前的低吟浅唱以及江油城里的高楼大厦，都成为我的背影。一起成为我背影的还有唐僧西天取经的故事。那些背影也被六月的阳光炙烤得越来越迷糊。而后，我一味地往戴天山上走……

一个人走下南天门，他来自云霄深处，他是星星之子，他的名字也叫如来。他经过石林，他从山盟海誓里挣脱，每一个足印都用殷红的血写成"佛"字。他穿过通天河，毒虫猛兽被他化去戾气，从而，纷纷安然自得。他带出一阵阵凉风，走到了山前，终于，立地成佛。

他仿佛知道我要走向他，所以，他走到山门前，等我行三拜九叩的大礼。而我奢想，沿他的来路走下去，然后，真的叩响天门。我小心翼翼地蹚过幽暗的通天河水道，足踩崎岖的石林小径。然而，我最终还是从树林里风驰电掣地回到山脚。

回到山脚，我发现自己依然不在禅林，也不为菩提树所庇荫。想要消去红尘带给我的悲催与无奈，想要拭尽岁月带给我的悲伤与疼痛，想要释怀对前世今生的迷茫，佛在我的面前只是一尊高大的石像，他对我的要求几乎爱莫能助。我只是佛心中微不足道的过客。如火如荼的阳光仍不依不饶地落下来。我在清凉的洞穴逗留了片刻，又回到来时的路上，看风卷起烟尘。佛爷洞带给我的只有犹然在背的一阵阵清凉的山风。或许，这已是莫大的恩赐……

我不是仓央嘉措，我只是我，而且，我并不擅长唱歌。纵然，我用血在石林写下我的名字，也未必能因此找到爱情。我刻意以虔诚的方式记住佛的模样，久久地怀念那片树林，也最终毫无意义。

佛爷洞成了我的背影，我想我只能靠自己，而不能靠佛的保佑。当然，佛的本意也是要我自己去寻找爱情以及诗意远方。

回来的路上，我的感觉似有不同。此刻，青莲在右，呈现出层出不穷的苍翠，还有星星点点的粉红，少女般婷婷玉立于乡野之上。江油在左，不断翻新的城市喧嚣以及霓虹，总想勾起我对红尘的眷恋。我在中间随一泓清水，流向远方，仿佛也是一种必然……

踏青

一

追逐梦想，向天堂行进。

寻找天堂，向九寨行进。

深春五月，如火如荼的阳光，扑面而来。孰料，在深春五月的一个下午，踏青的愿望，突然强烈地涌上了心头。于是，我们不约而同地选择了一次旅行——并不曾做充分准备，我们在做出决定的那一刻，突然像孩子一般突发奇想和无忧无虑，说走就走。

一路行色匆匆，一路欢声笑语，我们要去哪里？

九寨沟。对，就是人间天堂九寨沟。风景如画，令人无限神往的九寨沟。此前，常听人说起，九寨沟的美四季各不相同，各有风味，各有妙处。九寨沟四季皆美妙绝伦，堪称人间仙境、童话世界。春时嫩芽点绿，瀑流轻快；夏来绿荫围湖，莺飞燕舞；秋至红叶铺山，彩林满目；

冬来雪裹山峦，冰瀑如玉。

九寨沟其实并不遥远。梦与现实的距离对我们来说就是驾车行驶300公里。300公里，与天南地北慕名而来的游客相比，这样的征途其实并不算长。像九寨沟这样美丽的地方，天南地北，有多少人为之神往，有多少人为之倾心。身在四川阿坝州境内，距离九寨沟是如此的贴近，我们要是不能亲临九寨沟去体验一番，那实在是不小的遗憾。

深春五月，我们到九寨沟欣赏什么呢？

深春五月，我们到九寨沟感受什么呢？

虽然很难用一两天的时间一一感受九寨沟的无边神韵，但是我们始终坚信，无论何时，九寨沟都会将我们深深地吸引和感动。无论何时，九寨沟都会令我们流连忘返。奔向九寨沟的一路上，我们都充满好奇，甚至，沿途的际遇都能让人刻骨铭心。对九寨沟的渴慕之情随着我们从驻地出发，像涌动的春潮一般不断激荡着我们的胸怀。

二

从驻地出来，我们乘坐的汽车在蜿蜒的山路驰骋，像一条欢愉的鱼儿，追寻着生命的龙门，沿着岷江，逆流而上。沿途的草和树正逐渐浓郁起来，满面春风水一般欢快地流淌，明媚的阳光和着歌声一起带我们去远方。

经常在山里生活，我们其实知道，山里的天变得快，尤其是春夏之交，这雷雨说来就来。尽管我们出来的时候，天气格外的晴朗，头顶上的天空很蓝，蓝天的云儿很白，但我们还是有一点害怕明天天公不作美，让我们在九寨沟门外躲一天的雨。于是，我们由衷地期盼着和祈祷着，无常的雨不要说来就来，不能让我们扫兴而归。

不料，车过两河口，我们最担心的事情还是发生了。突然，一场雷阵雨迎面扑来。尽管太阳光还是一样强烈，可是来势汹汹的雨点还是不依不饶地将我们洗礼。同时，天空之上，不知何时已然风云涌动。此刻，我们开始后悔没有事先查看天气预报。于是，我们更加担心起明天九寨沟的天气来了。

突如其来的雷阵雨并未将我们的渴望浇灭，我们很执着地继续前进，大有风雨不改的豪情壮志。再说，明天的天气怎么样，只有明天才知道，现在所有的担心仿佛都是多余。渐渐地，我们凝重的眉头舒展开来。甚至，我们这样认为，下过一场雨之后，天气慢慢放晴，届时，漫步九寨沟会是更加惬意的享受。

过了大约半个小时，雨过天晴了。雨过天晴，我们没有看见彩虹。但是，晴朗的天气才是我们最想要的。雨过天晴，我们重新打开音乐播放器，一面听着音乐，一面谈天说地，一面欣赏着沿途风景，一面靠近我们的梦想。

我们的梦想，九寨天堂，童话世界，人间瑶池……

经过一段让人感到有点轻微耳鸣的盘山公路，我们的汽车到了松潘古城。松潘古城城门外，我们停住了脚步。然后，我们将车停在城门外一家大酒店的停车场，徒步走进松州古城。原想多逗留一会儿，顺道买些干粮和水，但是，天色渐进黄昏，促使我们只买了点樱桃和杏子便从城门洞里出来了。从松州城门出来，经过松赞干布和文成公主大型雕像，令人顶礼膜拜的文成公主和松赞干布，正面含微笑向我们致意。而后，我们在英勇神武的松赞干布和雍容华贵的文成公主神像前，闪动快门，合影留念。

三

从松州出来，我们向川主寺进发。在川主寺岔路口，我们选择了向左拐的路，上山而去。汽车开始爬坡，我们开始惊讶于这一路上的绚丽的云和雄伟的山，远比我们想象中的曼妙，还有那一抹醉人的夕阳，无不勾起我们拍照的冲动。还没到九寨沟，我们已然忍不住赞叹沿途的风景了。到了九寨沟，也许，我们将会为之欣喜若狂。

汽车越爬越高，云朵也离我们越来越近。我们正乘车往云朵里去。是呀，我们本来就是要去天堂，自然要从云朵里穿过。

阳光悄然收敛了起来，夜色徐徐将大山和我们笼罩。周围开始涌出一团团白雾，我们真的感觉正在仙界行走了。车窗外，风呼啦呼啦地吹，雪花竟然来凑热闹。山顶开始下雪了，路边开始有积雪了，我们还在向前走，寻找距离九寨沟最近的驿站。山顶下雪了，路边一个人裹紧了大衣，瑟瑟发抖。可是，在我们来的路上一直都是阳光明媚，于是，我们中间有一个美女穿了短袖出来了。面对冰火两重天的考验，她开始懊悔忘了带件外套了。当然，事先我们没有人想到，今天我们从如火如荼的阳光世界出来，傍晚还与一场纷飞的雪不期而遇了。

从山顶慢慢下来，雪也慢慢停了。到山下，我们才知道走错路了。我们到了黄龙景区，再往前走就是平武和绵阳了。天已经黑了，时间已是晚上八点过了，我们索性在黄龙景区附近的农家乐——福源宾馆住下来。

福源宾馆！

这里倒是比较安静。我们定了两间房，一个三人间，一个标准间，房费180元，在这地方还不算贵，不过，房东说只能开电热毯，不能开空调。吃晚饭，我们点菜时，才知道腊猪脚原来卖68元一份，但老板说一只整的划算。我们问一只多少钱，老板说160元。为了节约，我们选择了别的，当然，青椒肉丝也是45元一份，沾肉的菜起码45元一份。三荤一素一汤，我们轻松消费了225元。

吃完了，我们这样安慰自己，咱们都是出来旅游的又不是天天这样，没必要心疼花钱，要是住酒店那会花得更多。也许，这样的行程和经历都是冥冥中注定了的。也许，我们无须对此有任何抱怨，入乡随俗就好了。这也是我们旅途中的一番滋味。也许，这是最好的安排。

在幽静的山里度过了一夜。第二天早上，云雾八九点钟便已散去。我们也收拾好行装，驱车向我们的目的地进发。我们的目的地不是黄龙，所以，我们只好在黄龙当一次过客了。太阳缓缓地升腾起来了，照得云彩很美，照得群山很美。

昨晚，我们从云里来。今晨，我们又要到云里去。也许是我们都特别兴奋，所以连续忙中出错。从福源宾馆出来，我们确信东西都拿完了，然后，迎着明媚的阳光上山。走了几分钟，一个美女说，糟了，水杯忘在房间里了。于是，我们掉转车头，返回福源宾馆。取完水杯下楼。我说，再想十分钟，看有没有东西还没拿。大家都说，走吧，东西都拿完了。可是，在十几分钟后，我们在上山的途中，忍不住拍摄绚彩的云和瑰丽的山还有日出美景，一个帅哥惊叫：手机还忘在房间里了，在枕头下面。

我们为了那个记性好忘性大的帅哥的手机，只好又返回了福源宾馆。看来，我们跟福源宾馆十分有缘了。一早起来就想走，我们却一而再地折返了回来。

四

雪宝鼎在何处？

以前我早听说过，有一个圣洁的山叫雪宝鼎。可是，雪宝鼎我还没有去过，更不知道它确切的位置。

从福源宾馆出来，我们再次踏上了既定的征途——从山脚到云里去，去寻找梦里的九寨天堂。所幸这次，我们终于顺利地上山了。

汽车到了山顶,我们发现很多车停了下来,路边也有很多游人。当然,也有一个观景台,方便停车和游人逗留。出于好奇,我们也停了下来。从车里出来,我们看见大家在仰望一个地方。那是一片雪域,几座雄伟的大山连成一片,在明媚的阳光下格外迷人。

这里就能遥望雪宝鼎了。

在山顶有一块石碑,上面大书:雪宝鼎。碑的旁边,一个当地人堆了一个雪人,正招揽游客照相。山顶的风,此刻,也让一身薄衣的我们不禁打起了寒战。

雪宝鼎那片圣洁的雪峰,这一次我们无缘亲近,只能用相机将它留在我们的记忆。抛开世俗繁华,置身于这一片明净的雪山之下,我们的心还烦恼什么呢?也许,我们就是一粒尘,在雪中宁静安详,那是最好的结局了。

雪原来是如此美丽和曼妙。在天地间来来去去,雪花无忧无虑。太阳升起的时候,她们奔放如花。太阳隐去的时候,她们明净如玉。雪融的时候,她们默默地滋润着万物苍生。观景台下,我们看见成群的牦牛正悠闲地食草,还有一些牧民正在寻找虫草。突然,有人惊呼找到了,于是,一群牧民拥了过去。

雪宝鼎将雪花汇集在一起以崇高的姿态,向天南地北的人们展示有别于喧嚣城市的另一种繁荣。这种繁荣在高原之上成为一道极致的风景。

从雪宝鼎观景台下来,我们回到川主寺。从川主寺向左拐,我们踏上了一条坦途。而后,汽车在碧绿的草地间穿行,正可谓一路春风得意:丽日当空,天蓝地绿,牦牛成群,山花绽放,空气清新,歌声飘扬,车如骏马,向着梦的天堂飞驰……

五

进入九寨沟地界，我们的汽车渐入风景秀丽的山林。到达一个小镇，时间已是上午 10 点。在一个拉面馆吃了早饭，我们继续往前走。看见九寨天堂的指路牌，我们顺着路标前行，可是，不久我们感觉走错了。问了扫地的工人师傅，我们才知道差点又进了另外一个误区。原来，我们看到的路牌其实是指向九寨天堂宾馆和温泉酒店的。要去九寨沟大门，我们还得继续往前走，从九道拐经过，还有 20 公里。

这寻找天堂的路真的难找。这一路我们懵懵懂懂经历了很多的曲折。快到了，我们差点又一次走错路了。汽车在九道拐绕行，其实，我们发现这里不止有九道拐，这路上的弯弯绕一个接一个地等待着我们。

上午 11 点，我们终于到了九寨沟景区。可是，大门在哪里？我们这些外来人并不能一眼看出来。在山下一个停车场停了车，我们看到一条河，河水一半浑黄，一半翠绿。仔细一看，原来这是两条河汇流在一起了，一条清流，一条浊水。靠山边的清，靠路边的浊。清的是翡翠河，浊的是岷江。翡翠河来自九寨沟，由此看来，九寨沟果然是灵山秀水。

从停车场出来，我们徒步往回行走至少三百米，顺沟往上走，找到了咨询处和售票厅。买了票，我们这才发现九寨沟的山门。门口赫然屹立着九寨沟几个红色大字。

九寨沟，我们终于来了！九寨天堂，我们终于可以将你亲近。九寨沟，我们终于可以圆了一个久违的梦。

观光车带我们进入景区。在一身藏装的美女导游的介绍下，我们知道九寨沟这个名字的真实由来是因为这里有九个古老的藏族寨子。我们经过的第一个寨子由于布局像一张荷叶，所以又称为荷叶寨。当然，荷叶也是圣洁的象征。我们一直赶到原始森林，赶到剑岩，然后，自上而下欣赏九寨美景。

圣洁，的确，九寨沟给人的印象首先就是圣洁。这里一尘不染，这里山清水秀，这里空气清新宜人。这是美丽传说开始的地方，这是一个伊甸园。

这美丽的人间瑶池是怎么来的？

传说很久很久以前，一个叫达戈的男神，热恋着美丽的女神沃洛色嫫。一次，达戈用风月磨成一面宝镜送给心爱的女神色嫫。不料魔鬼插足，女神不慎打碎宝镜，宝镜的碎片散落人间，变成了114个晶莹的海子，像宝石一样镶嵌在山谷幽林之中。从此，人间便有了这处童话世界般的梦幻仙境九寨沟。树沟对面山腰上的石灰岩崖壁，能看见色嫫女神像。在高约15米、宽约10米的崖壁上，岩石因自然风化呈现出一位端庄秀丽的少女脸庞，惟妙惟肖，恰与传说中的九寨沟色嫫女神暗合，更为奇特的是：当阳光照射崖壁时，女神就会隐而不见。那石灰岩崖壁上看似轻描淡写的色嫫女神像，也就是岩石因寒冻风化后，由人们虔诚的意志组合而成的永恒的雕像。

漫步于林间小道，徜徉于鸟语花香的世界，享受着明丽的阳光，翠绿的山水，九寨沟的美景正带给我们无尽的视觉盛宴，同时，九寨沟的传说又带给我们无尽的遐想。美景与传说情景交融，这是让我们这些慕名而来的游子最期待的享受。因为，我们对生活的享受既有物质层面的，又有精神层面的，二者不可或缺。

既已来到了人间天堂九寨沟，我们只管用心享受九寨沟带给我们的视觉与精神盛宴，用心感受这里独一无二的一草一木和一点一滴的美好时光。观光车逆流而上，我们逐渐深入这人间仙境，深入传说中无与伦比的圣洁之地。

有河在这里静静地流淌，源远流长。一条宛若玉带的小河将芦苇海分割两半。美女导游说这就是玉带河，传说是色嫫女神飘落的腰带。这条清流叫玉带河，这个比喻十分贴切。这里的芦苇虽矮小，但是让人觉得格外新奇和曼妙，这可是海拔两千米以上的芦苇哟！芦苇在这里成为一道独特的风景，那是可遇不可求的天然布局……

有甘泉从地下山体涌出，源源不断。有泉无根，不知从何而来，也不知要去何处，也许是神的旨意或者感怀人们虔诚的信念，这些美妙的泉眼一直将这片神奇的土地滋润。无比清凉的水，或在林间欢快地流淌，或在低洼之地点缀成曼妙的海，或在崖壁间飞流直下形成飘逸俊美的瀑布……

有海在这里星罗棋布，曼妙多姿。这些海子是沧桑巨变留下的痕迹，这里的海子都很迷人，水也格外清凉，真是一个秀字了得！树正群海，孔雀海，熊猫海，箭竹海，天鹅海，五花海，犀牛海，老虎海，镜海，长海，每一个海子都是一个传奇。虽然它们的水都不大，也都不深，但它们的美丽却是让人看不够的——它们不会泛起汹涌的波涛，但它们无疑是这个世界上最温柔和最漂亮的海了。

一位得道高僧骑着白犀牛，云游四方。走到九寨沟，身心疲惫的高僧由白犀牛驮到九寨沟之后，白犀牛便化作了海。在这风景如画的胜地，高僧和白犀牛都找到了灵魂的栖园……

五花海，那片蓝色，那片绿色，交相辉映。海底枯树变成了珊瑚，在阳光的照耀下，五光十色，分外迷人。还有叠翠的山水之间，一条条戏水的鱼儿，格外讨人喜欢。这里的风景，照出来，让人觉得这就是一张画，显得不是很真实。当然，这是浑然天成的艺术品。也许，没有一个画家能画得如此生动……

还有一片水，水平如镜，能将地上和空中的景物毫不失真地复制到了水里，其倒影独霸九寨沟。每当晨曦初露或朝霞遍染之时，蓝天、白云、远山、近树，尽纳海底，海中景观，线条分明，色泽艳丽。这就是镜海。镜海边有一根碗口粗的长藤，紧紧地攀缘着一株参天大树，与树齐高，直冲云霄。站在树下，让人浮想联翩：大树给长藤温馨的绿荫，长藤给大树缠绵的依恋……

海子中最高而且最大的长海边，独臂老人一直默默地守候在岸上，手持长剑，护卫着九寨沟，因此，九寨沟再无恶魔来犯，成为真正的圣地。站在海边，观望那一泓深水，感受那一阵阵微微寒冷的风，尤其令人心生敬畏，望洋兴叹……

原始森林，一只松鼠从树上下来，跳到一个游人附近。游人掏出了小点心。小松鼠嘴馋，在游人脚边徘徊，慢慢靠近，终于还是叼到小点心，欢快地跑回密林里去了。在原始森林站立，仰望一座山形如一柄长剑，直指苍穹。人们在这里穿上漂亮的藏装合影留念。大家的背景就是剑岩。在剑岩之下，是否也有一柄神剑，甚至，一位世外高人留下的绝世武功秘籍……

珍珠滩上，万千珠玉从我们脚下飞流而下。这万千珠玉，我们不能拥之入怀，只能拥之入梦，留在生命的记忆中……流岚飞瀑，我们感慨万千，它们或者雄浑厚重，气势磅礴；它们或者飘逸灵秀，流光溢彩……

从九寨沟的大门出来，我们其实真的不想走。返回的途中，我们由衷地选择了容中尔甲《神奇的九寨》这首歌为我们送行。九寨沟，我们还会再回到这亦真亦幻的人间瑶池。九寨沟，不知不觉已让我们从此魂牵梦萦……

一路向西

　　一颗璀璨的明珠，从夜幕下的江南升起，流光溢彩徐徐照亮一路锦绣山川，照亮了繁华的长安街，也照亮了富丽的洛阳，然后，怀抱天地精华，执意向西飞。而那颗明珠的光辉指引着一颗禅心循着悠远梵唱，从落寞的禅院出发，毅然踏出河西走廊，翻越崇山峻岭，穿过茫茫戈壁滩。沿途的荆棘，竟在一个人的脚下，纷纷望风而倒……

　　那颗璀璨的明珠，它的熠熠光辉落成一场缠绵的烟雨。也就在它的故乡——美丽的江南，一片硕大的桑青，在那年三月，将翠绿的胸怀向远方无限地伸展开去。朦胧中，一个英俊少年身背长剑，从江南水乡一角腾起，跨马疾驰犹如犀利的风，挠醒苍茫已久的大地，飞溅着欢快的泥泞和水花……

　　一夜间，悠悠岁月被拉回到两千多年前。惆怅的情愫也在江南一隅被一场温婉的春雨复苏。春姑娘的心思竟早已被缪斯猜透，纤弱的野草也随莺歌燕语舒展起青春舞步，蝴蝶般轻轻飘动起来……

　　如缕如烟的水雾，从翠绿的桑叶间袅袅升起。一位美丽的仙子缓缓走下了玉宇琼楼。她长长的裙，月光一样向烟雨深处走去。古色古香的画卷被一阵阵古风轻轻地吹荡，一片碧绿的荷塘忍不住泛起了动人的涟漪……

竹簸箕里的蚕儿纷纷从酣梦中醒来，飞天的渴望鲜花一样美丽，在一处农家小院里破茧而出，沿一条七色的天路优雅地飞行……

一些蝴蝶，一路向西。它们划出一条阳关古道，去古都长安集结。而另一些蝴蝶，一路向北，迂回去了牡丹花盛开的洛阳，然后，再取道西行。不一样的古都，不一样的繁华，可是，向西的梦想又是如此接近。

张骞的马队从长安出发，班超的车骑从洛阳出发，征尘漫漫，先后走进了河西走廊，横穿浩瀚沙漠。在他们的队列中，隐藏着织锦的仙女，端庄贤淑，不动声色。而梵唱竟然也从西向东流传，激荡着滚滚黄河水，它们与西行的马队都在敦煌相遇。

敦煌，佛来到这里，便不再离去。佛和他的弟子们选定了在这个叫敦煌的地方迎接汉家儿女，留他们稍事休息，再温酒送他们一路西行。身后的石壁被取名莫高窟，多数人并不清楚它的由来，就像不清楚石壁丰富的艺术内涵一样。然而，人们知道佛就在石窟的峭壁上。美丽的仙女们也在冷峻的石壁上，为落寞的记忆增添了缤纷色彩。

佛要为这些汉家儿女祈福，要赐予他们淡黄色的光辉，许他们不坏的金身。再往西走，匈奴的人喊马嘶，便在草丛中，如狂躁的西北风一样，一次次蹿跃出来。扑面而来的沙尘暴也一次次将乡愁磨成无边的风月，高挂在血色胡杨树的枝头。

而飞天的女子，她们在石壁上的炫舞，化作了一场悠远的春梦，被远去的汉家儿女铭记。她们飞天的优雅被凝固成永不褪色的壁画，留在了莫高窟。

渐渐地，江南水乡越来越远，繁华的长安越来越远，牡丹花的芳菲也越来越远。西行的道路，从敦煌莫高窟出来，将漫长的河西走廊穿越。万千感慨，也被汉家儿女深深地藏起。

许多年后的黄昏，汉家儿女们蓦然回望来路。凝重的目光重新穿过河西走廊，回望敦煌，回首莫高窟。斑驳的阳光下，飞天的女子从褐色的石壁上，纷纷鲜活了起来。在海市蜃楼般的景象里，她们的弹唱以及舞蹈，将梦想的脚步一次次拉长，让人禁不住热泪盈眶。在不经意的回眸中，故乡的味道与天籁水乳交融，甘醇的美酒逐渐热烈了装满故事的胸膛……

　　前面再多的霜雪，也不能淹没火热的信念。

　　前面再大的风沙，也不能挡住向西的脚步。

　　前面再高的山峰，也注定要被勇士们翻越。

　　前面再远的道路，也必然会被英雄们征服……

　　鼓角争鸣以及血腥杀伐渐渐远去。一条漫长的丝绸之路，被后来人越走越宽。而那冒着生命危险走出的道路，像一条彩带，被顽皮的风一边念诵，一边吹向阿尔卑斯山脉，吹向地中海，吹向罗马教堂，吹向更远处……

临水而居

一

从一滴水中复苏，忘却前生乱石崩云。

忘却曾经响亮的名字，忘却曾经的苦难与疼痛，忘却那滴水的形态，而后，我发现自己焕然一新。

雪、雨、露、霜、珍珠、宝石，万千华彩，万千变化，一并收起，还给星星。弥留做一道光在天地间游动，我是我自己的神灵。

自然赐予我的一切，美妙无穷。这一切美妙的源头，与水有关。就像我的从无到有，从静默到欢悦，因为一滴水的孕育，因为阳光的温暖，然后，满世界让芸芸众生莫名地兴奋。

称霸天下的野心，交给那些依然不甘落寞的枭雄。牧马放羊的潇洒，交给那些决定隐退的大侠。慷慨激昂的歌鸣，交给那些善于煽情的诗者。我只想做个平凡的人，不必择一城终老，只需觅得一方不大却清幽的山水，临水而居，安放神魂……

二

临水而居，一片不大的水面足以安身立命。

与鱼虾、飞禽走兽以及花草树木和平共处，我没有残忍的贪欲。从来不会撒网放钓，从来不会挖坑布陷阱，从来不会乱砍滥伐，我是格外单纯的农民。

在远离汹涌波涛以及险滩激流的一方山水之间安居，我也不去向往城市的繁华与喧嚣，自顾享受小小的单纯。

将一片格外温存的湖水守候，就像守候我的母亲。

我在岸边种我的瓜果蔬菜以及玉米高粱。光影交错之间，我将四季辛勤耕耘。

水的精彩，水的明净，我交给萌动的诗情。在灵秀的山水之间，我也做一个用锄头写诗的人。

被一泓如镜的华光照耀，我的身上也拥有诗意的妙趣。在我照见自己的时候，我也看见星星如此的接近。就在我捧起的水里，它们跟着水珠一起滑进我的深心……

三

翻越峥嵘的春夏秋冬，剥开季节坚硬的部分，我的心也逐渐地柔软起来。少时，一泓清水照见我的红颜，我的微笑，仿佛也能百媚催生。

像个温情脉脉的少女走下华釜山，我穿过令人心旷神怡的禅林，穿过一棵棵桫椤树。而后，我带着星星未完成的梦想，去寻找诗意葱茏的远方，身边的野花次第盛开，身边的草叶齐刷刷泛青。

我的足迹遍及三山两槽，在高低错落间，寻找日出月落最真实的节奏。悠然回旋，在一片欢呼声中，我也惊奇地发现凤舞龙腾。

涅槃的愿望吸引着无数麻雀，它们纷纷穿过灰烬……

龙门的隐现吸引着无数鱼虾，它们纷纷穿过冰棱……

四

流泉飞瀑，鸟语花香，天意盈盈。

穿过激流险滩，卑微的生命也找到自尊。

我也从卑微的泥土里找到一千四百年前的自己，一路经历电光石火，一路经历暴风骤雨，一路经历滚烫的热浪。我也用我的坚韧成就一棵野草的青春。

在人杰辈出之地，沐浴李准、廖寅、张梓芳、吴干、李相崇、熊复、冯叔瑜、许建业的睿智光华，我也从最平凡的细节开始磨炼卓越的本领。

想我也是天意谷精彩的一部分。

在悠悠天地间，自由潇洒地展开空灵的翅膀，一抬眼便是日月星辰。

一片片漂亮的云霞，从我身边飘过，带动一寸寸美妙的光阴。其中的每一寸光阴也都昭示着地上的生灵，从庸碌中觉醒……

五

凭高远望，浩渺烟波，仙霞氤氲。

繁星点点，闪耀在大洪湖上。美妙涟漪，牵动袅袅炊烟。历尽沧桑的石头在水中崛起，它们是鱼虾的岸，它们是水鸟梦寐以求的圣境。

那一泓清幽幽的湖水或是天神多情的眼泪。奔腾的河流，烦躁的心神不再汹涌澎湃。重现人间，天神化尽自己的一切做甘霖，像慈母一样喂养天地苍生。

心灵手巧的画家仿佛也跟不上节奏，因为一幅水墨丹青在大洪湖浑然天成。

悠悠湖光与农舍以及丰茂的庄稼，由一片翠色相连，一直连接到天边。雄伟中的秀丽，浩荡中的温存，低飞的水鸟，萋萋的芳草，还有日出日落时立体的红色苍茫与空旷，还有微雨中凝影的碧水幻化无边的迷蒙……如此种种，俗世中没有一支画笔，可以从容潇洒地描绘出更加引人入胜的境界……

许多年后，我也在大洪湖的画卷里寻找自己。而在某一朵莲花盛开的清晨，我也乘坐一叶小舟，畅享一曲天籁，向翠绿的湖心悠然远去，一颗初心指向纵深……

偶遇

人生的偶遇，有时候说不清，一件小事就让你记下了，而且一晃就是很多年，都不能彻底忘却。之所以铭记，是因为我当时的行为让我自己有点儿惭愧。

想起那件事情，我仿佛又回到了 20 年前的冬天。那时候我 18 岁，就读于都江堰复兴街里面的四川省水利电力学校。在如花的校园陶冶自己，在如花的年纪求学于象牙塔，而我也同时暗暗地喜欢上文学并经常看一些散文、小说、诗歌，阅读伟人的光辉事迹。可是，穿过并不繁华的街，我在一次偶然的际遇中，发现了自己内心的"小"——我居然也是一个贪小便宜的人。结果，便宜没贪到，反而弄得自己有些尴尬难堪。

记得那是一个冬天的下午，南桥上荡下来的江风很冷。我从学校出来，经过离堆公园要到幸福街去。其实，我不是要去买东西，而是为了出门转转。南桥是我步行经常要走的地段。与以前不一样的是，我刚刚走下南桥，正漫不经心地往幸福路那条步行街去，突然，被一个女子叫住。回头看，叫我的是一个穿橘红色风衣的女子。

她和颜悦色地说，先生，耽误你几分钟可以吗？

我诧异地看着她，有事吗？我完全不认识这个女子，她能找我干什么呢？

少时，她拿出一个小物件，然后，很灵巧地拧动。剃须刀就从小物件的脖子里伸出来了。她演示了几次，感觉这个挺好玩的。她说，公司在搞活动，这个剃须刀是赠送给您的，就图您给做个宣传。

我一听赠送的，就接过来在手中把玩。我想，反正不要钱，有个小玩意耍也挺好。我说，那好吧！我会给身边的朋友们看这个的，挺不错的剃须刀。说完，我就准备离去。可就在我揣了小小剃须刀准备离开的时候，她又将我叫住，然后拿出了一小盒刀片，说：这些刀片，一共10元钱，商店里买不到这么便宜又好的刀片了……

我再次端详面前这个面色冷得微微发红的女子，心里"哦"了一声。忽然想起，10元钱，是我两天半的食堂伙食费，而且，我出门闲逛也没有买东西的准备。再说，我的胡子还没长出来，剃须刀对我还没有任何用处。迟疑片刻，我将那个小物件还到她手上，然后，面红耳赤地离开。她在我身后说，没关系，先生，走好！

她是如此地有礼貌，而我是如此地唐突。在路上，我责问自己，为什么心眼那么小？这么冷的天，那个女子在街上做推销也不容易。在前方的一个拐角，我回头看那个穿橘红风衣的女子，跟一个微胖的中年男人推销她的剃须刀，最终，那个中年胖男人掏了10元钱买了她的东西。她向他致谢，很开心的样子。她的努力有了收获，即便不大，也是收获。而我，能给予她的只是失望而已。

20年后的冬天，我渐渐步入不惑之年。胡须总在不经意的时间里疯长出来，我买了飞科电动剃须刀，还有一个手动剃须刀。现在想想，我或许真的应该买了她的东西，然后，将自己内心的"小"紧紧地裹在衣衫深处。至少，我不该用自己贪图小便宜的行为，像个小孩，让人看了笑话。即便她并不会在意，因为做推销工作，碰壁是正常的场景。而她或许早就忘了，我与她偶遇的场景……

月上中秋

一

梦起何时？

回望悠悠五千年，望峥嵘群峰，阳光从泰山玉皇顶走下来，一路向西……

梦起何时？

眺望悠悠五千年，望汹涌波涛，河流从巍巍唐古拉山走下来，一路向东……

圣心如火如荼地升上来，阳光与河流在途中相遇，用一场感动天地的雨，酣畅淋漓地洒向人间。

夜，让人间的喧嚣安静下来。群星璀璨的夜，一轮月昭示既往也昭示未来，同样也照亮季节，照亮一条悠悠远远的长路，照亮一朵花的容颜，照亮一场白茫茫的雪，照亮凡间酣睡的尘埃，照亮崛起的群山，照亮数千条河流……

在数不尽数的夜空里遨游，那轮月特立独行。孤独是一种解读，温婉是一种解读，圣洁是一种解读，当然，还有更多种别样的情怀在更广阔的领域，酝酿、发酵、舒展、等待……或是默默期许更丰富的语言文字，记下更多无与伦比的美妙时刻……

梦起何时？

一颗心在寒冷深邃的冬天里蛰伏，往昔恍惚也在我的梦中呈现：一片红叶的跌落幽谷，旷世兰香藏起芳华，凤凰传奇埋下古老的故事，不讲，因为时机还等待确定；铮铮铁骨，峭立苍茫，绕指柔情，划过粉色的红颜……

二

月全食！一场刻骨铭心的痛，被很多人铭记。

月从苍狼的腹中划过，重现巅峰，撇下寂寞空虚，撇下饥肠辘辘的嚎叫……

月从苍狼的嘴角挣脱，升上天空，带上血红的印记，带走全食绵绵的痛苦……

月还是那轮月，经历了沧桑巨变，经历了万世漂泊，经历了无数个春夏。仰望，月还是那轮月。重现出来，月总是新颖的模样。

向秋天去，月和人一样，追逐梦想……

向秋天去，神和人一样，追逐梦想……

向秋天去，日子画圈，慢慢充盈，缓缓消退，重新开始……如此，循环往复……

我的内心被不断充实，我的青春不断成长。

或许，命中注定要有这样一次远征。征服日子，征服年华，征服荆棘，征服坎坷，征服千山万水，征服一切可以征服的事情……

最后，连自己也一起征服……

我说什么呢？我将我自己深深地感动，我也将感动季节，我也将感动世界。

一条卓越的路，充满茶香。回头望，我又看见桑叶展开三月，春蚕呕心沥血的梦想在继续——那是一条轻柔漂亮的彩虹，神采奕奕向远方……

三

画圆画圈，不停地画，一个接一个，画出美好的一天，画出美好的一年。画出精彩的二十四节气，画出十二生肖，画出蓬勃的心跳，画出追逐幸福的轨迹……

历尽沧桑以后，历尽风风雨雨的心被热烈的火焰再一次点燃。那个八月十五的夜，无疑成了完美的一夜。天公是否作美？那一天，丹桂依旧飘香；那一天，琼楼依旧明亮；那一天，广寒宫很温馨，笛声悠悠……

中秋无疑是一个幸福的高潮。中秋应该是一个完美的句号，可是，总有些惬意。而后，美中不足的事情，总让人不自觉开始下一轮求索……

在下一轮的求索中，我义无反顾地奔波在青春的路上。从新的春天开始，穿越风风火火的夏天。一面耕耘，一面成长，一面追求美满的爱情……

在喧哗的人群中，听很多人的名字叫吴刚，听很多人的名字叫后羿……

女神也都有同一个名字——嫦娥。一只玉兔偷带月光下凡，所到之处，草木茂盛，百花怒放，珠玉满堂……

五谷喂养，丰盈了我的血肉和灵魂，爱情成为我生命中极其美妙的一部分。那些长在乡间的庄稼，它们有它们的爱情，它们有它们的成长。而它们的爱与成长以及呕心沥血的结晶，抚育出我的坚强，抚育出我对生活积极的憧憬……

四

人在去秋天的路上，诗在去秋天的路上，词在去秋天的路上……

当然，那轮古老的月依然还是那追梦的领路人，我也奔跑在她的身后。

听苏东坡吟出宋朝，最华丽也是最无奈的一夜。明月几时有，把酒问青天……但愿人长久，千里共婵娟……

听李太白吟出唐朝，一个人漂泊辗转的幽思。故乡的月色那么美，那么美……可是，怎在窗前凝了霜……

或许，还有更多的缺失被深藏。文字和语言，在佺偬的意象中，缺乏足够的表现力。

或许，残忍发掘也会平添新的伤。不如放下揭开伤疤的冲动，只享受最美好的修辞。

你看，麦子把自己磨成粉，以足够的细度，与清水混合，重塑一轮月不坏的金身——月饼在人间传承，告慰天下黎民百姓……

更多的元素融合进来，红枣、豆沙、花生等，都成了月的一部分。月骄傲荣耀的子民向芸芸众生扩展，所有月能照到的地方，都有月的身影；所有生命能梦见月光的幽境也都有月充满魔幻的吸引力，引领着卑微的梦想，卓越地飞翔……

将光传承下去，跟着月一起远行，不知疲倦，不辞辛劳。夸父逐日的热烈，在夜里如此浪漫，如此奇妙的生命之旅无疑也是上天赐予众生最幸福的体验……

五

向金秋进发，横渡茫茫人海，穿越一座围城，指向久违的乡野，指向故乡的田园。

背对城市的繁华，走向另一种繁华——那些属于庄稼们的繁华。我想在中秋的夜晚，抵达故乡，抵达月色皎洁的心灵港湾……

以金黄的稻谷鞠躬致意为背景，以昂扬的玉米为旗帜，以红彤彤的高粱为指向，回到阔别已久的故乡，回到梦寐以求的童年，满心欢喜地迎来辉煌的中秋……

此前，我仿佛也走过了火热的沙滩，我仿佛也穿越了汹涌的河流，我仿佛也穿越了犀利的风雨。沧桑感汇聚成汪洋大海，一条孤帆送我上岸。我是幸运的行者，漂泊中意外地看见了故乡。而且，一轮故乡的月，深深地吸引、牵动我心驰神往……

回到故乡，我也是一棵等待收获的庄稼。当然，我也在等待中秋傍晚的阳光最后将我的内心填充，填筑最辉煌的一瞬间。然后，只等那轮久违的明月跃上华庭，照耀我简朴的故居蓬荜生辉……

回到故乡，我也有理由张灯结彩，迎接生命最甜美的时刻。回到故乡，采集蛙鸣、桂花香，采集一片悠悠的月光，采集一朵莲的丽质天成和脱颖而出。那一刻，出自莲心的流萤带着月光飞行，明珠尾随其后，一同照亮夜归的屐痕……

六

拂去朦胧的烟云，我看见久违的月亮，又大又明。

如钩的意象饱满充实，我无法想象这样的美景，在人间，在乡野，仿佛亦真亦幻。

徜徉在月光里，仰望跳荡的树枝，那只夜莺的歌唱，久久地回旋在朗朗乾坤里。

月缓慢的步履，轻盈升高。我也放慢节奏，我想看看这些美妙的细节，触摸月洒下的每一缕华光，听听月曼妙的心跳……

无形的山峰在一尘不染的天空，意会而无须言传。此刻，月的登高，姿势无比优美。此刻，月的畅想，思绪与峥嵘无关……

月下行走，我也从一个挥洒心血汗水成就一季辉煌灿烂的农民变身为浪漫的诗者。当然，无论我的角度怎样变换，那月在我的头顶依然如故……

月下行走，人间忽然多出了很多的诗人、很多的画师、很多的行吟。我只是其中微不足道的一个。畅享众多的精心之作，我的内心也是满足的。此刻，致敬月神，我或不必用一个字、一个词组、一个句子……

月下行走，浑然天成是最美的荣耀。我把我所有的鼓噪放回一朵鲜花的内部，含蓄的情愫恍若蓓蕾。此刻，不需要华丽地打开。此刻，做一支朱笔，高高地举起，指向天空——如此，或许，已经足够了……

七

随手捧起一捧皎洁的月光，那些明净的东西经过悠久年代的发酵每一滴都是酒。

在经历了苦苦等待之后，从桃花源出来的陶渊明，终于穿过京都的喧嚣和无奈，怀抱一丛黄黄的野菊花姗姗走来，并借助一地月光的指引，向巍巍南山旖旎而去，而我有幸在远方执一个木樽向他送行……

在经历了漫漫旅程之后，从青莲镇出来的李太白也从长安辗转白帝城到天姥山，再回到久违的故乡青莲镇。而后，他在秋高气爽的夜晚，举杯高歌并与一尘不染的皓月痛饮，他的身后一池莲花繁华正盛……

照耀过陶渊明、李白以及很多游子的那轮月，也在千年以后某一个鲜为人知的角落与我不期而遇。在明朗如镜的月华里，我像一条鱼儿向莲花盛开的池塘深处遨游……

情到深处，我想我也是醉了。如酒的月光，如歌的行板，如梦的旅途，我在一轮月的身后，寻寻觅觅；我的身后可有人也将我的踪影寻寻觅觅，走走停停……

或许，我在后来的中秋之夜也成为一部分诗者的话题。而幸运的是月光也从我的内心里穿过，如丝如缕地穿过，穿起很多美妙绝伦的回忆……

八

很多年后，同样还是中秋，同样还是我痴迷的乡土，一轮新月诞生。我在未来的时空里发现另一个自己，如玉如莲与那轮月遥相呼应……

很多年后，我依然不需要琼楼玉宇，不需要爬上广寒宫那棵巨大的桂树，也不需要伟岸的英雄化身——我只做月的一个影子……

很多年后，我依然要用满腔热情，迎接萌动的春天，从蛰伏的冰面下爆发出来，盛开一朵格外清新的小花，与心中的明月彼此注视，彼此欣赏……

很多年后，我依然要用勇敢的心，直面火热的夏天，迎着风雨成长，千锤百炼，重新感悟生命之旅的绝妙。同样，明月也为我做证……

很多年后，我依然要用五谷丰登，来致敬生命最辉煌的中秋时刻，用诗歌来下酒，用霓裳来助兴，画出一道漂亮的轨迹线……

很多年后，我想我依然无法被复制，就像我无法复制心中那轮月……

第三辑　心相随吟

一粒黄豆的抒情与随想

生命，无比地美妙神奇！

对一粒小小的黄豆而言也是如此。从太阳神宽大的衣袖里跳出来，兴致勃勃地跳荡在古老的东方，金灿灿的光芒宛若星辰下凡一般，迎接人间的赞誉与讴歌。而这从微妙到微妙的过程，夹杂着风雨和激情火焰的交错洗礼，每一步成长都格外不容易，每一天都充满喜悦，每一年都有峥嵘卓越的生命体验。从中挺过来，极其饱满地面对人与众神的品鉴和安排……

一粒黄豆收紧天地日月之精华，在秋风中收紧数条湍急的河流，而后宁静安详地等待内心被隆重打开的时刻……

在五谷丰登的喜庆气氛里，明月当空之夜，属于黄豆的结果并不圆满，因为还有未完成的梦想在追寻的路上……

翻越寒冬，重新打开春天，萌萌初心依旧无比单纯。重新展开的春天，从卑微的角落开始，带上大地母亲的温存，舒展青涩的年华，那是多么惬意的生命体验。而且，有美丽的彩虹在翘望的远方隐约升起，有璀璨的万花在瞩目的远方华丽登场，有无尽的美好成为众生渴慕的诗书画卷……

想想无比美好的未来，黄豆——土生土长，从不悲哀。想想无比实在的年华，黄豆的内心也有蓬勃之力，茁壮成长……

穿透僵冷的漫漫长夜，再从冰天雪地里抽身出来，黄豆看见周围挺拔的树焕发新芽，一天天茂盛起来。刹那间，燕语莺歌，柳绿桃红。而后，黄豆选在人间五月天开花，壮志凌云跟随一条柔软的河流而放慢了脚步，铮铮铁骨忽然柔情似水——在玉米、高粱的青纱帐里，占据一席之地，展开卑微者的光辉岁月……

向炎夏进发，向金秋进发……

追逐梦想的黄豆极力充实自己。空虚的岁月被质感分明的事物填充。而黄豆不需要千言万语，有热情的人会为它发声……

滔滔不绝的河流，呼啸来去的季风，从身体外部匆匆划过。肉体粉碎与灵魂的重聚，从不同的维度展现……

跳过电力代步的机器工业时代，黄豆回到大石磨缓慢轮回的乡村。放慢节奏，慢慢感受那一份沉重的碾轧之下，纯白如奶的甘泉从石磨的腹心流淌出来，穿过那幽深细微的夹缝，流成甘甜的乳汁……

那一刻，所有的疼痛，突然不值一提。一群纯朴的乡亲兴高采烈，他们欢呼着。而被山泉的温热发涨的黄豆，逐渐接近爆发的临界点……

去粗存精，热烈沸腾，一口大铁锅里，黄豆继续美妙地升华。来自黄豆身体内部的精华凝成豆花、豆腐……更精彩的演变在艺术琳琅满目的人间接踵而来——五彩斑斓的愿望成为一种诱惑——关于美食、美味、美色的诱惑，一件件令人间意趣丰盈……

镀金打造的肉身在面对众生的膜拜时，曾经坚强的心悄然变软，粉身碎骨，执意抚慰苍生，功德无量。或在一位老农的精挑细选中脱颖而出，迈开腿脚，跳下苍茫迭起的偏远山村，向季节狂热远征，待到秋高气爽，怀抱更多的豆荚以及豆子回报那份源自大地母亲的深恩……

此情绝对与转基因无关。土生土长于神州大地的黄豆，用五千年丰厚的历史文化向世人娓娓讲述一部悠久的生命传承史。人的血汗深情地围绕黄豆的一生展开生命的轮回，种豆子、施肥、拔草、除虫；欣喜地看黄豆长高，结荚；秋日里，拂尽沧桑，迎来艳阳高照，挥舞连枷打豆子，金色的豆子从草丛中纷纷蹦跶出来……岁月展现出最富有的一面……

过黄河，过长江，走遍中华大地莽莽群山，走进千家万户，而后，漂洋过海，向宏远的未来长足迈进……

重新打开，在浑黄的土地上如梦初醒，一粒黄豆向清新的天空举起双手，为自己鼓掌，当然，也为日月星辰以及秀丽的山山水水……凌空而过的雷声，与卑微者的欢呼，彼此呼应……从九天下来的雨点，穿过金色的阳光，质地饱满，若漂亮的珍珠，洒满人间……撒豆成兵的神黯然隐去，明媚的晨曦里，精神矍铄的老农红光满面，带着三分醉意，兴致勃勃地撒播着"金"种子，漫山遍野都是他的舞台……

月的随想

一

月是什么？

我想说：月是一面明镜，她能照见黑夜里的众生相，照见背对阳光的美丑——当然，那些华光是太阳的热力反射，再于夜晚出来，不由得温婉了许多……

我想说：月是一朵圣洁的莲，几乎 30 天一度开谢，黄色、红色、蓝色、白色分别呈现，不同的丽质天成，但月始终还是那轮月……

我想说：月是一颗恒久不灭的痴心，围绕地球，欣赏地球，深深地陶醉，动情地炫舞……

我想说：月是一个不够饱满的圆，可是对于完美的追求，从未停止……

我想说：月是一块玉，在众星璀璨的宝光里，风姿绰约，特立独行……

我想说：月是一位风姿绰约的美少女，美到所有对爱拥有渴望的生灵，情不自禁，讴歌、弹唱、书写……

我想说：月是苍天的一只眼睛，在苍茫背后，深切地关注着尘世悲苦……

我想说：月是一个归宿，广寒宫上，琼楼玉宇，羽衣霓裳。桂树下，月老讲述一个古老的传说，与唯美的爱情有关……

我想说：月是一首诗的引子，始于唐朝，一位诗人回眸，回眸故乡。飘逸浪漫的心在月下徘徊，现实竟有些凉薄……

我想说：月是一首雅词，词牌水调歌头，兴于大宋，名传千古，作者苏东坡……

我想说：月是一条河的源头，流光如水，悠悠远远……

我想说：月是众多游子的念想，一如沐浴在月光里的鱼儿，畅享音乐的快感……

我想说：月是苍狼口中的大饼，怎么吃也吃不完。饿了，就在山野，一声声嚎叫……

我想说：月是母亲的摇篮曲，轻轻地呢喃，慢慢带入梦乡……

我想说：月是天地间唯美的修辞，从月的内部释放出来的光辉，牵引着雄鹰的翅膀，尽情遨游……

我想说：月是包青天额头文曲星的印记，通鬼神，辨阴阳，威震八方……

我想说：月是成吉思汗手中的弯刀，收割莽莽草原茂密的野草，收割桀骜不驯的头颅……

我想说：月有很多种解释。可谓千江水映千江月……

而在泱泱大中华以及悠悠世界文明的范畴内，众生对月的理解和描述丰富多彩——每一种都似曾相识却又新颖奇特。那些活在每一种生命灵魂中的月，也极有可能缺乏足够的语言和文字来将它们传神地刻画……

二

月是什么？我带着一万种猜想上路……

在另一个维度里，一棵杨柳垂钓江湖，一颗珍珠被钓起来了。然后，又从手中滑落，向天空蹦去。紧随其后的一条鱼摆出龙腾的姿势，向她追去……

那颗傲视苍茫的珍珠被越放越大，成为一轮皓月，游走于浩渺的夜空。闲庭信步，众生望月兴叹……

那一刻，月是神奇万种的融合，而且那种融合仍在不断演绎和加深……

那一刻，月被很多生灵膜拜。月也看见很多人，不知疲倦，奔波在追梦的长路上……

漂泊成为生命的现在时，而对一轮从故乡升起的月的回眸，那是生命困苦时分最惬意的事情——月下，光影交错，千万里婵娟铺陈，故乡迭起的烟，如丝如缕，缓缓升腾……

水银泻地，在不断靠近凡尘的过程中，那些柔美的光越来越软，那些越来越软的光越来越华丽。同时，来自月的昭示，很快将锅碗瓢盆盛满；而后，从中溢流出来的华彩，顷刻，芳华无限……

芬芳弥漫，缱绻仙凡间，一轮皓月使得蝶舞天涯，比翼双飞……

而月光是月柔情的倾泻。这份柔情一旦倾斜便一发不可收。人间再多的美词也不够形容，月的浪漫，月的婉约，月的风姿……

月在人间是追求幸福的光辉榜样。亭台楼榭，美丽江南，被月光洗亮，从此，一幅画卷展开的仙境，总让人心驰神往……

月总想把自己修得漂亮些，再漂亮些；圆满些，再圆满些……

很多年了，月其实也一直在路上。月追逐很美的诗与远方，无穷无尽的大境界……

很多年了，月把自己的心事撒播成众多悦耳且响亮的名字。神在红尘外轻轻一声喊：娟！回应的声音一个比一个清脆。那些纯情美丽的女子，争先恐后做月的信使……

月的神妙让人由衷地感叹——而这感叹层出不穷，人也只能选择其中最笨拙的一种来表达。

譬如美在情之所至的绝妙处，饮一口洁白月光，就能一梦千年。那酒，人间都没想好该叫什么名字。反正很醉人，反正很享受，也绝对不会伤害五脏六腑……

譬如在一架古筝上，月光凝固成冰。仙子轻轻拨动琴弦，沉睡的音符瞬间复苏，唱一曲《春江花月夜》；再唱一曲《汉宫秋月》；再唱一曲《彩云追月》；再唱一曲《月满西楼》……

月哦，就这么将天籁流传……

三

月是什么？我发现一个时间的概念。当然，我也在这个时间的概念里。而一个组合词很沉——岁月！没错，就是这个组合词，很沉！

剥开年的味道，那么"岁月"这个很沉的组合词又轻快了许多。

然后，月只是一个节点、一个圈。人在纸面上画圈，月在人心里画更宏伟的圈——一圈套一圈，涟漪一样，向悠悠天涯海角漫去……

月用差不多三十天画一个句号。然后，总要情不自禁伸出一条腿。然后，句号变成了分号。然后，继续收集天地精华，再用更多的柔情赐福苍生……

月用十二个小圆环拼成一棵盘根错节的大树最深刻的年轮。那些看不见的大制作、大手笔，只有那棵大树最清楚。而弄清楚这些的过程又是痛苦的过程，很难想象。那棵大树说出了"峥嵘"二字。

在月留下的年轮里，包含着二十四节气——立春、雨水、惊蛰、春分、清明、谷雨；立夏、小满、芒种、夏至、小暑、大暑；立秋、处暑、白露、秋分、寒露、霜降；立冬、小雪、大雪、冬至、小寒、大寒。

周而复始，否极泰来！

那些美妙的节气，以丰富多彩的内涵，丰富着月的胸怀。小草、野花、庄稼、乡土、牛羊、田园犬、城市，从不同的角度展现着月的繁华精彩，代谢新陈……

人呢，总喜欢记住月最美好的一面。

人的情绪跟着月一起，慢慢地充盈；达到某个巅峰，缓缓地消退。然后，又重新出发。疲倦仿佛从未有过，怯懦仿佛从未有过，气馁仿佛从未有过……

月呢，总是向着自己的目标，迂回前进，绝不可能放弃。当然，世界也需要月的坚持——越来越多的人寄希望于月的引力维持生命的平衡——地球引力让人向下，月球引力让人昂扬向上——向上的劲头是梦想，也是活着的意义……

月一次次透过我的眼眸穿进我的内心。而我呢，把很多月积攒下来。从童话的世界里，怀抱一轮月，因而神魂安然。俯瞰人间沧桑，我的幽梦里，一只猴子的惊呼再次引起轰动，关于一轮月在水中的失落，关于众星捧月的壮举，用一万年来演绎，每一次都如此新鲜……

四

人有悲欢离合，月有阴晴圆缺，此事古难全……

明月几时有，把酒问青天，不知今夕是何年？睿智的词圣，也犯起了糊涂。

陶醉了李白的月，后来也陶醉了苏轼。相同的那轮月，不同的陶醉，不同的发挥。他们在我的一篇散文里，怀抱唐诗宋词，迷乱了我的时空……

照耀过唐宋的月也照耀着现代，于是，古今的概念在月的眼眸里没有距离。照耀过故乡的月亮，同样在异乡升起，撤去乡愁二字，故乡和异乡，一样安详……

我呢，也作为月的子民渺小的个体，想象着风花雪月，想象着舞风弄月……

冥冥中，我看见复苏从春天开始，梦想从春天开始，描画也从春天开始，关于月，关于人，关于苍生——月在迎春花开的时候，从花心里新生出来，从明珠到明月之间的距离，用一个微笑来填充……

对一轮春月而言，灵动的一瞬也是唯美的一瞬。此后，一片巨大的莲叶，牵动蚕的心欢快驰骋；牵动一匹骏马，叩响苍茫……

少时，一轮春月的升起令几度阴霾往复的回忆越来越清晰，越来越明净……

向夏天开进，卑微的生命——流萤也带着月光飞行。成长的路上，经历了多少烈焰，经历了多少风雨，经历了多少惊涛骇浪，忽然不值一提。翻越了千山万水，那轮仲夏夜的月无比高洁。沿途所有的艰辛，也只是成长的铺垫……

熬到秋天，月的美达到极致。巅峰时刻，月圆中秋，桂花飘香，季节丰收，硕果累累。这一夜，晴空万里，皓月当空。人哦，有一万个理由讴歌，有一万个理由浓墨重彩地抒发心中喜悦。仰望长空，怀想琼楼玉宇，一个大写的爽字，妙趣横生……

然后，将一轮月封存，继续打磨。深邃的冬天里，月色高寒，世人莫敢高声。取一枚枫叶采暖，取一团火焰，一同将月温存。重新酝酿一个花季，蛰伏——厚积薄发——发出来的就是精华……

五

向金秋进发！向金秋进发！向金秋进发！勇敢且无畏，我要用我的双腿见证奇迹的诞生。

在默然中经历过漫长的冬天和漫长的蛰伏以后，我将翻越更多的春夏，经历更多的成长，目标指向金秋。而金秋有一轮月亮，将人的神魂深深吸引。

穿过阳光火热的沙滩，穿过情绪狂躁的河流，激情汹涌的海成为遥远的意象，苍茫的崇山峻岭成为旧时的荣耀。挣脱俗世凡尘的牵绊纠葛，我像一阵凉爽的秋风将深入金黄的稻穗丛林。

徜徉于稻穗金黄的丛林，采一组蛙鸣，撩动一树桂花香，然后，跳进高粱芬芳热烈的氛围，然后，从一个农民变身为一个富有且怡然自得的诗者……

那一刻，我想一定有很多诗，被众人从不同角度书写出来。跨越时空概念，那些诗中的一部分也在精彩纷呈的舞台被人声情并茂地浅唱低吟……

那一刻，我想我不必涂鸦。而我在远离城市繁华的某个乡村，只需缓缓地高举木樽，昂首仰望，欲看破滚滚浮云，欲与皓月同饮同醉……

无奈，朦胧的秋雨竟然缠绵不休。我在秋雨的迷茫中像一丝游魂到处飘荡，我的漂泊仿佛没有尽头。一群大雁从我头顶飞过，它们从北向南，飞向它们美丽的故乡，它们将穿透一个又一个苍凉的秋夜……

回眸处，越过沧海桑田，我看见一朵桃花还在故乡粉面含羞。葱茏如盖的叶子勃发，它们也还在青春洋溢的季节，尽情展开无穷的想象。一个少年还在风风雨雨里摸爬滚打，我也禁不住流下了眼泪。冥冥中，我仿佛也有未尽的春愁挥之不去。冥冥中，季节真的又在我的顾盼中匆匆步入了秋天。冥冥中，我仿佛已记不清翻阅春秋的过程，到底经历了些什么，一些片段随意地呈现……

步入秋天，我在某个黄昏，眼见绚丽的霞光将一些叶子镀上金黄，让它们在迎来凋零之前也得到超度，让它们穿过深邃的夜晚，让它们在寒霜缓缓落下的黎明化蝶飞去……

步入秋天，我在某个午后，聆听秋蝉也在弹奏最后的浪漫，它们沙哑了声音……

步入秋天，我在某个秋夜，想秋雨原本是要模糊一切的感伤，以朦胧的手法渲染出一段让世人遐想无限的文字……

或许，为了那轮秋月，世人应该有足够的耐心去等待，我也一样应该不急不躁……

我在漫长的季节里经历了很多失望，在失望中坚强，接受狂风暴雨的洗礼，接受阳光火辣的锻炼，一些青涩的希望从未磨灭……

彩虹悄然升起于风雨尽头，我踏过幽幽的水面，手中也似乎捧起了一朵圣洁的白莲花。而在一片混沌的水域里，一轮皓月脱颖而出，华丽地洗亮了曾经迷茫的秋夜，粼粼波光泛起，妙音悠然漫向四方……

或许，我也是一个幸运者。

在经历了大约七百年的苦苦等待之后，我终于看见从桃花源出来的陶渊明，穿过京城的热闹繁华，怀抱一丛野菊花，借助一地月光的指引，向巍巍南山而去……

在经历了大约千年的等待以后，我终于看见李白从长安辗转白帝城到天姥山，回到久违的故乡青莲镇，他在秋高气爽的夜晚，举杯高歌并与一尘不染的皓月痛饮，他的身后一池莲花繁华正盛……

而照耀过陶渊明和李白的那轮月，也在千年以后一同找到我。在明朗如镜的月华里，我像一条鱼儿游向莲花盛开的池塘深处……

秋月如丝如缕地飘荡，我是谁诗意曼妙的一部分？

一些人在讲述着嫦娥、玉兔、吴刚、桂树、琼楼玉宇；一些人在讲述着诗仙、酒、季节；一些人在讲述葡萄熟了，柿子红了，橘子黄了……

眉山吟

一

从一朵芙蓉花粉红的意象里出来，笔走龙蛇，沿着岷江的蜿蜒曲折，向西南方向疾行。

眉山从地图上跳荡出来，跟着跳跃的还有一串串雅词——东坡、彭祖山、仁寿、洪雅、丹棱、青神。

这些雅词展开丰富的地域形状，意会且言传，悠悠然逾越上千年。凌空而过的飞燕，口含花香四处歌鸣。

苏东坡被游人挂在嘴边谈论，关于他的词，关于他的爱情，关于他的出生……

彭祖山被游人顶礼膜拜，很灵性。因为那些美妙的溪河——府河、南河、毛河、金鱼寺河、龙溪河等，意蕴出奇地丰盈……

仁寿，一个养生的秘密藏在这里，很多人或许不信，但我由衷地相信……

洪雅——瓦屋山——张陵！名扬天下的道教仙山，青衣江的神韵，羌人文化的传承。而葛由、鬼谷子、李阿、尹真人、瞿君、葛仙翁、句度、皇甫坦、陶道人、回道人、尔朱真人、落魄仙、黄观福也在山中潜修，共造洪雅人间仙境……

丹棱是一棵树的名字，那是一棵奇异的树，站在树上手可摘星辰……

青神有龙，青神有丝绸，青神椪柑很甜，青神的竹编很美……青神有一张巨大的桑叶，向四面八方延伸……

游走于眉山的山山水水之间，总跳不开美和神韵；

游走于眉山的山山水水之间，总跳不开词和歌吟；

游走于眉山的山山水水之间，总跳不开神和祥云；

游走于眉山的山山水水之间，总跳不开瑰丽新城；

游走于眉山的山山水水之间，每一种生命，都是"奇妙"两个字的化身……

二

说到眉山，很多人的思路在星光熠熠的词汇之间，自由地切换。晃眼间，整个世界变得精彩纷呈……

说到眉山，花草树木的神奇，让人从睡梦中清醒……

说到眉山，美食家说，东坡在那里，吃货们一呼百应……

说到眉山，大诗人说，东坡在那里，那里有很多的痕迹，始于宋朝以及更久远的年代，那些不同凡响的足迹，冥冥中有一种卓越的传承……

说到眉山，俗人和雅士一同被深深地吸引——为了美食，为了灵山异水，为了文化悠远的探寻……

说到眉山，我想用更多的修辞，来表达一种心情——一种向往，一种陶醉，一种人文；一种赞美，一种讴歌，一种精神……

三

很多年前，我便从眉山的边角经过，经过了一个小镇。

那个镇叫什么名字？因为太匆匆的缘故，我并不曾询问。

洪雅——瓦屋山——红色的土壤，时光老人用很多年也不能磨灭我记忆的印痕。

很多年后，我知道苏东坡从眉山走出来，亮成宋朝璀璨的星辰。

很多年后，我依然铭记着《江城子》里缠绵的相思，十年生死两茫茫，尘满面，鬓如霜；铭记着一朵芙蕖，开过尚盈盈……

很多年后，我依然记得从眉山划过的明月，悠悠地听见《水调歌头》如此吟唱——明月几时有？把酒问青天。不知天上宫阙，今夕是何年……转朱阁、低绮户，照无眠。不应有恨……

很多年后，我依然记得《念奴娇·赤壁怀古》中的词句——大江东去，浪淘尽，千古风流人物……遥想公瑾当年，小乔初嫁了，雄姿英发。羽扇纶巾……

一路走来，一路成长，从中学到大学，我的语文老师一次次重复着说，记住它们，这些词——记住了，苏东坡，眉山人……

四

眉山是个奇妙的仙境。很多人这样说，很多人这样听。

听，仔细听，岷江荡气回肠的歌声；听，仔细听，青衣江悠远的柔情……

远古传来鼓角声声，而今，淡去了烽火烟尘……

朱雀自彩云之南飞来，用头颅撞开通往蓉城的大门。热烈的火焰在眉山歇落，在眉山腹地扎根——孕育一个人和一首词的新生……

成都在北，乐山在南，资阳在东，雅安在西，眉山在中。在眉山徘徊，北望芙蓉，南拜大佛，东眺日出，西品藏茶——仙霞氤氲……

神的折扇徐徐打开，千里奔腾的尘埃落定。在眉山安居，积淀丰厚的人文底蕴。孕育万物蓬勃的生机，孵化意味深长的图腾……

嘹亮的唢呐向九天吹奏，一曲百鸟朝凤，引领万凰来朝。一时间，天南地北佳客如云……

兴致勃勃的人们在眉山品鉴东坡文化、长寿文化、道教文化、佛教文化、竹文化、水文化，如痴如醉，博大精深……

神采飞扬的人们在眉山过节，听唢呐声声，听宋词神韵，听寿星口里的养生，或去竹编的青神悦赏丝竹的精彩纷呈……

在古典与现代之间穿行，肚子饿了，不用担心。人在眉山走，雅妹子风酱肉、黑龙滩全鱼宴、仁寿芝麻糕、干巴牛肉、回锅羊、文宫枇杷、松花蛋、曹家梨，呼之即应；人在东坡行，东坡肘子、东坡肉、东坡鱼、龙眼酥、脐橙、三苏酒，呼之即应；人在彭山停，彭祖酒、甜皮鸭、漂汤，呼之即应；人在洪雅坐，雅鱼、瓦山春酒、道泉高山绿茶，呼之即应；人在青神游，江团、汉阳鸡、中岩烤全羊、椪柑，呼之即应；人在丹棱歇，冻粑、不知火、刘鸡肉，呼之即应……

在美食的丛林里重温眉山的万种风情，原来如此很养生……

历史用很长的时间造就了眉山这片风水宝地，造就了丰厚的人文，造就了丰富的物产。现代人用一次华丽的转身，便看见一尊高大的石像应运而生。众人一同惊呼：

苏东坡！

从繁华的现代复苏，苏东坡的石像及神魂，指向悠远的未来。春天正在瑞丽的阳光中，姗姗来临……

某个春天的清晨

一

时间在黎明的界口徘徊，几朵落花在静沐晨光的时空轻舞飞扬，优雅的仙子在苍茫的地面上舒展身姿。季节莫名的忧伤在此刻其实不值一提。一个人的感慨显然太过多愁善感，刚到嘴边却又很快退缩了回去。或许，他并没有想好完整的语言。并不完整的词句不禁随风而走：多少花开花落，多少春去春回，多少背影匆匆……

光线一点点增强了亮度，一座禅院浮现了出来。古色古香的建筑格局正好容纳一个怀旧且忘了年岁之人的情思。

今天像昨天或前天或大前天或更远的日子一样，以晨曦作为舞台，放置漫不经心的场景并省略了台词。仿佛每一个晨曦都会如此——扫帚和地面互相打磨着耐性，多少年了谁也记不清。早在不知不觉间磨光了彼此，忘却了曾经的电光石火，忘却了曾经的疼痛折磨，扫帚和地面之间终于只剩下一份习惯和淡然。如此这般互相打磨耐性，还将一如既往地坚持下去。打磨耐性，无休止地一如既往。

这是一种修行。修行的境界，永无止境……

一如岁月的不断叠加，万千气象携带万物生灵以及阳光、风、霜、雪、雨等，共同构成历史苍老厚重的一部分。其中，诗意与禅悟并行，荣辱兴衰在自然而然间，从容地抹去。而后，每一天都迎来崭新而干净的开始。

从头顶经过的燕会一次次记下清扫落花的场景，日月星辰一同默默地铭记。在另一些人的角度把它们看成虚构的情形，而我常在亦真亦幻中独自徘徊。我是一朵意象中的小花。或者，我忘了自己的过去。连回忆也交给一条鱼，在七秒钟后，我曾记住的片段便消失得无影无踪了。剩下的是散漫的尘埃，我看见它们到处流浪……

二

一些默契也在固定的时段发生。

扫帚和地面连同一棵不再年轻的树共同构成一座禅院的风景。在梵音唱响之前，它们率先开始一些动作，清扫地面的落叶或者落花或者浮尘。仿佛只有这样，崭新的一天方才能够优雅地开始。它们也在某一个春天的清晨打开我纷繁的思绪，一同在我迷离的意象里发出沙沙声。

挥扫帚的声音，缓慢、清脆、悠长，从容致远……

或许有一个名字或一个词语的一半被想起，另一半又莫名其妙地遗忘。或许，仅仅只有一个字被悠悠的时空想起。更加有可能的是那并非一个字——那声响仿佛是一个人的脚步叩响远方，那声响仿佛是一个人的书写轻轻地划过地面，那声响仿佛是神的衣袖擦拭过躁动了一夜依然不安的灵魂发出的喘息。

另有纸片被划破的声音，另有花瓣向树枝告别的呢喃，一起与扫帚和地面间的交响混合，清晨的气息里许多尘埃带着花的芬芳一起飞扬。

谁的青涩随落瓣一同在尘埃里翻卷打滚？那些叶片是憔悴的纸屑，它们无力承载太多悲切。千言万语在七秒钟的记忆里短暂地传承。青春的疼痛更多的时候只能默默地承受。鲜为人知的风景被滚滚红尘漠然以对。寂寥的时空拥有无穷大的容量，狭小空间荡起的苍茫其实微不足道……

三

未尽的心愿交给风自由地带走，穿过芳菲的草地，穿过火热的沙滩，穿过滂沱的雨，穿过汪洋大海，带去某个明丽的远方，带去天的尽头，带去一片幽深的蔚蓝……

那棵树的呕心沥血第 N 次被缪斯辜负。

原想奉献的每一朵花在日月精华洗礼之后都是艺术的精品，原想每一件艺术的精品都别出心裁，可太多的努力被漫不经心的眼神跳过。无力感动凄凉的雨点，无力柔软犀利的风刀，纷纷扬扬的花瓣恍若滚滚而下的泥沙，一次次狂乱地敲打足下青褐色的石阶以及地面。

在太阳还未升起的春晨，收拾零落一地的残片——当然不久前它们还是花的模样，现在只能是一些残片，等待着有缘人前来清扫。那个被放在角落里的扫帚也在等待被有缘人重新举起。局外人依旧觉得那一刻来得很快，可是千年的时光依旧没有放完一个痴心的等候。

这一天是平凡的一天，这一天是卓越的一天。平凡与卓越，正像卑微与伟大一样界限不是十分明显。换一个思考的角度就能发现：奇迹无处不在！

即将迎来崭新的一天。原想，安静些，再安静些，以便不惊扰更多的春梦。可还是碰出了不大不小的声响，引起一只小鸟尖锐的惊叫，引起一只蜘蛛失足从纤细的网面一角掉下来，弹起轻薄的水雾，云烟一样徐徐升腾并自由地散开……

四

一座城市的繁华正在复苏，多个城市的喧嚣就要来临，无数的乡村也要忙碌起来……

阳光或许会因为一些云雾而姗姗来迟，甚至明媚的光阴又要再推迟一些时候才能打开，可新生的渴望迫不及待地想要开启它们的疯狂。

很多卑微的事物纷纷跳上神灵摊开的水墨丹青，都想成为其中最为鲜活也最为可爱和卓越的部分。崭新的世界因自己而精彩。天地间逐渐摊开画卷，一些文字极力想要建构锦绣华丽的全新世界……

春天、清晨、禅院，在繁华的城市与世外桃源之间，共同构成一个不紧不慢的空间。试图将内心残存的无奈和忧伤，连同疲惫的灵魂一起找一个合适的地方放置。

一颗流星拖着光焰快如闪电般划过，撒下一幕烟雨飞向天涯海角。

很快，尘世间便多了许多的惆怅。很快，一棵树的内心也忍不住热辣滚烫。一树热烈的花朵傲然盛开，呕心沥血，倾尽所有，可它们无法感动悲情的风。纵然可以勇敢地跨越寒冷的冬天，跨越冰霜的封堵，突破黑夜的包围。或许，它们终于还是累了，只好将自己交给苍茫的晨曦……

五

一些花的青春正盛，一些花已黯然陨落，一些花在天地间飘舞。几乎所有的花都害怕挑剔的目光，风狠心地撕扯。原想化蝶高飞的梦变得支离破碎，而后，与一些尘埃一道追逐数条匆忙的河流去远方……

并不曾完全绝望的青春还给予扫帚、给予扫花人神奇的力量，它将疲惫的身心一次次唤醒。站在门外回眸，庭院仿佛也是一朵经年的花，悠然盛开在一段春光里。一棵树的痴情连同那一树花开都是诗人想入非非的部分。扫花人仿佛是一只蜜蜂的幻化，带着勤奋和甜蜜来到今生，超度尘世最无聊的苦痛。

纵然很多事情没有结果，依旧相信未来总是耐人寻味。一千年的时光或许也只是一季，一季时光或许经历过一千年的漫长。一抹阳光足可温暖衣衫单薄覆盖的心胸，一团火焰足可让人热泪盈眶。

苍劲的手中紧握着那已经不知是谁的坚韧，老茧覆盖了内在的隐痛。青涩的年华沙漏一样握在手心，握成一段厚重的乡愁在远方挥舞。放下追忆，将那些落花扫干净犹如擦亮一面镜子，这是禅修的一部分。放下忧愁，天涯海角还有一个角落不染尘埃——在那里，有莲撑起光辉的神坛，撑起琼楼玉宇；在那里，有另一个自己也像仙子一样炫舞羽衣霓裳，姿态轻盈潇洒……

酒的随想

一

弱水三千，只取一瓢饮……

那人是谁，我不知道，也不是很在意。我在意的是他取出的那水，那绝无仅有的一瓢水。

褪尽浮华，萃取精纯，千里挑一。那瓢中水，不再是水，而是酒。那瓢中水，在被那人舀出来的那一刻，便完成了生命境界的提升。

那由水升华而来的酒，足以解渴止乏。饮下，那人便从此忘却烦忧，超然洒脱，化仙飞去。

那水，那酒，那人，情之所至，感人至深……

二

地里生长出的五谷杂粮，抛开成长的苦恼以及季节的阵痛，走向成熟，走向丰收。风风雨雨，火热的骄阳，随五谷杂粮一起指向喜悦。

五谷杂粮，完成一个老农的心愿，完成一个部落的成长，完成一个民族的祭祀。可丰收之后，生命并没有结束，因为生命还有更高的境界。

丰收的喜悦其实是一个全新的起点。充满智慧的人群将一些五谷杂粮通过蒸煮、发酵、分离、窖藏，五谷杂粮舍弃了平凡的肉身，重以水的姿态问世。

重以水的姿态问世，等待隆重的开启。在被欢乐的人群高高捧起的时候，时间诞生了一个新词：酒。在酒被打开的那一刻，鲜花的香味包含在其中，人情的冷暖包含在其中，还有很多妙处也包含在其中……

三

一起经历了热辣滚烫的感动，飘逸的神魂回归一种如水的平静。万千感慨，一切都在酒中。

酒中，云的飘逸，清新怡然，芳华悠远。

酒中，水的灵秀，水的柔情，妙不可说。

酒中，花的情怀，无限芳华，袅袅娜娜。

人世间多出来很多美好，人世间多出来很多芳名，一个个悄悄然流传千古。

留给悠悠万世的念想，是一次次由衷的陶醉。

喝了多少已经记不清，继续喝，一直都没有忘记。惦念那些芬芳的名字，很多的思考魂牵梦萦。不由自主的探寻，情不自禁的歌声，从一杯酒中出发，向诗与远方追去……

四

酒是什么？

酒是一个充满诱惑的词语。酒，这个词语很奇妙。飘飘欲仙是一种大境界，喝酒的人这样说。此外，喝酒的人还这样说：水养活一个人的生命，酒提升一个人的境界……

人将奇思妙想融入酒中，更多的奇思妙想生出来，平凡事物被酒文化丰富，酒又将文化的热情不断推向高潮。酒以其珍贵留存于世，人们愿以金樽来盛装，然后，与朋友们共同分享。

一杯红酒带人去巴黎，寻找浪漫爱情的蛛丝马迹。

一打啤酒带人去美洲，领略牛仔们的彪悍与放荡。

一瓶白兰地或威士忌，引出雾都街头的绅士风度。

一碗土黄酒或者醪糟，带人走进中国偏远的农村，享受正渐行渐远的乡土气息。

那些看似明净的白酒，与文化一词挂上钩了，酒仙便能滔滔不绝地讲上三天三夜的神话传说。其博大精深，再多的形容词也表达不完。

五

一口井的涌泉神奇地变成了酒，不需要太复杂的工艺过程。

元、明、清三朝保存至今的一个烧酒坊遗址，悄然成为世界之最。而今，酒坊仍在成都一角，老水井仍在成都一角，享誉世界的酒香，一直传承。喝全兴万事兴的呐喊，从成都一个绿茵场向悠远的时空飘去；水井坊里出来的玉液琼浆，而今看来，显然更胜一筹……

另一口井在北方，它为宋太祖赵匡胤一见倾心。扳倒井，为一代王朝的缔造者解困，为更加艰苦的士兵马匹解乏。那特别神奇的水井出来的竟然是酒。或许，迎合真龙驾临，那时候，可谓顺天应人……

还有更多的水井成为酒的源泉，有限的笔墨纸张无法一一记录下它们的名字。或许，默默无闻地奉献，默默无闻地令人陶醉，一切都在不经意之间。或许，名利真的都是身外之物……

遥想，更早的一些人情与恩惠，让那些水井一直铭记于心。于是，它们要一直涌泉相报。那些人情与恩惠只是时光留下的点点滴滴，可是被唤醒的水井们无以为谢，只有倾尽所有，涌泉以对，长流后世……

六

一处楼阁矗立于烟雨中，在某个高处。世人将它仰望的时候，飘逸的诗仙李太白正在阁楼把酒临风。

一杯酒里升起的明月将照亮千古阁楼，照亮诗仙红润的脸颊。那举世无双的明月，用华光洗尽俗世尘埃。那酒，香飘四溢，闻名天下。

酒中，李太白的潇洒独具。

月下，酩酊大醉后诗兴大发。

阁楼，建筑师傅的心血美妙绝伦。

飘飘欲仙的感觉，在登上阁楼的那一刻，风会向世人讲述；酒会让世人陶醉。多少人故地重游，多少个诗仙就在酩酊之间站立起来，借助酒兴，将盛极一时的大唐王朝浅唱低吟……

七

荣华富贵可以统统抛弃，卓文君心甘情愿地出来卖酒。

从卓文君手里出来的酒，那是一种温婉贤淑的大家闺秀风范。从卓文君手里出来的酒，有对爱情的矢志不渝与忠贞不屈，凤求凰是最美的言辞。酒瓶上，有卓文君沉鱼落雁的画像。

品酒、品美颜、品词风，司马相如的潇洒也在酒中。卓文君这个女子实在是太了不起。

穿越几千年，另一个叫秋瑾的女子为酒而来。她要喝的不是温婉的文君，她要喝的不是羞涩的女儿红，她要喝的是一种烈酒，她要用一身貂裘换一场豪饮，甚至，来一场酣畅淋漓的大醉……

八

泸州在什么地方？

闻名而未及亲历者，捧起泸州老窖，泸州便在手里了。

泸州老窖里藏着泸州灵秀的山水，泸州老窖里藏着泸州厚重的风土人情。

泸州老窖，乍一看，水一样清淡。

泸州老窖，品下去，一些波涛便随之而来。于是，一座山城的声名一夜间风靡世界……

多少年被珍藏的岁月——那些关于人杰地灵的泸州的传说以及真实，从酒中慢慢倒出来，每一个人都需要有足够的耐心去聆听和体味……

九

酒是解忧良药，杜康是这样说的。那句话不经意间出口，而今，没有人能考证它的真实性。曹孟德是它的一个听众，他也是那样确信的，因此，很多的烦恼交给杜康——杜康不是心理医生，杜康其实是一种古老的酒。

曹孟德的人生被杜康酒推向了高潮，随之，长江的风浪又让其命运急转直下。江东周郎的一把大火，把还沉迷于酒香的曹孟德烧醒。一夜间，千古霸业，一败涂地。

失败的阴影，唯有杜康能消散！

低落的士气，唯有杜康能拯救！

荒废的事业，唯有杜康能复兴！

曹孟德并不甘心，因为人间至宝杜康酒还在，没有什么事情想不通，没有什么忧愁化不开……

十

酒是一种文化。

不光是说酒的酿造工艺。一种酒就有一个文雅之名，一些年月又让它充满故事，那些爱闲扯的人咬文嚼字，他们借酒发挥或借酒发疯，一些胡言乱语落成文字，一些信笔涂鸦也饶有趣味。

酒是什么？酒是种润滑剂。那些饭店、宾馆、舞厅等，酒是席上常客佳客与贵客。常在声色犬马之间穿针引线，酒的魔力被有心人放大。

为此，一些人心想事成。

为此，一些人美梦成真。

为此，一些人兴高采烈。

为此，一些人手舞足蹈。

那些与酒有关的文字，多少车马汗流浃背也拉不完。那些字加在一起很重，很重……

十一

浏阳河是一条河的名字，浏阳河也是一种酒的名字。

浏阳河从大围山峡谷龙王潭瀑布出发，携险峰、奇石、古树、鲜花、蓝天、白云一起，流经湖南湘阴港、桃树湾、金潭、简车棚、浏坪、团然、石门、黄兴、榔梨，投奔湘江。

浏阳河沿途优美的风景造就了一种酒的优雅气质。那种酒也取名叫浏阳河。显然，她是潇湘诗意盎然的一部分；她是药圣孙思邈"造酒助龙"的怡情，她是酒都一脉相承的名门之秀。

浏阳河酒香飘溢，浏阳河的名字被越来越多的人铭记。那条赋予人生命力量的河流，以酒的神奇与魅力，向世界展现她的非凡气韵。

浏阳河润泽的每一片湿地，都不约而同地涌现出欣欣向荣的繁华景象。那些无穷无尽的繁华与热闹，诗人用一杯酒来讲述。

十二

中央电视台第一频道，一个长者气势恢宏地开讲。他要讲的是酒，他从中国的地理和版图讲起，讲酒文化的奇妙。

几大名酒企业所在地，原本不是刻意的布局。可他用一支笔缓缓地画出优美的线条，然后，惊奇的事情便跃然于纸上。

一个巨大的酒杯出现了，那些闻名遐迩的酒厂所在地在一只酒杯的线条上。酒都宜宾在杯子的中心。

或许，这就是天意的安排。

或许，深厚的中国文化注定与酒有关。这是冥冥中注定的事情。

或许，中国人对酒的热爱也是天意。几千年的历史说明了这一点，更悠远的未来，必将是更辉煌的传承……

站在高处

以一座山为支点，凭借卓越的意志完成了一次艰苦的跋涉，你终于如愿以偿并有了不少自豪感。将一座山踩在脚下，你也高呼：会当凌绝顶，一览众山小……

那一刻，晴空万里，阳光为你镀金。那一刻，没有风……

凡尘的掌声响起，众人仰望的脸庞灿如繁花盛开。而风也来凑热闹，抽打你陶醉的表情，掀动起汹涌的云潮……

风告诉你站在高处并不是一件好事，而且，你不该眷恋。浩渺的天空中，你看不见琼楼玉宇。幽蓝的闪电一次次从你身边划过，抽打得冰冷的石头发出沉闷的呻吟。闪电很有可能一个不小心就将你击中……

在风的激流中摇摇晃晃，你发现自己立足不稳。你的身体情不自禁地颤抖。风随时可能将你撩起来，并非重量级人物的你其实很轻。风很可能将你抓起来，重重地摔下高台，而你既不是一只鹰，也不是孙悟空。当你被风放手的时候，你不再是命运的宠儿……

风将你吹荡，你不是旗帜。风越来越放肆，你很有可能被撕成碎片。而你支离破碎的刹那，你发现自己并不是圣洁的雪或者云的一部分，你只是让人讨厌的尘埃。对了，你一贯讨厌尘埃。因为，尘埃不干净。即便你是尘埃里长大的孩子，你也因为自命不凡而讨厌尘埃。于是，命运最后注定让你回归尘埃的序列……

站在高处，你发现雪和雨一点也不温柔。它们像冰雹一样也想将你击溃……

站在高处，你发现星星们冷酷无情，你一向热爱的太阳用火箭想要将你射穿，然后，付之一炬……

站在高处，你被抽空了内心，你就像个纸鸢。空虚寂寞将你填充，你却欲哭无泪……

站在高处，你才发现低处很好。那里或能躲避风雨，那里是一群凡夫俗子的港湾。他们历经沧海桑田，终于安定下来……

站在高处，你想退下去，光彩地退下去。你想退下去，发自内心地狂想。纵然，退下去其实对你来说也格外艰难。你依然奢望能像潮水一样有序地退下去，或者像阳光一样温婉地退下去，向一个低谷退下去……

或许，你将回到故乡，回到久违的村子，回到你出生的港湾。那里一出门就是一马平川，那里被群山环抱，那里绿草如茵，那里还有一个你正青春年少……

或许，从高寒之地下来，你能更轻松地呼吸，你发现了氧气的珍贵。一条悠远的河流从你的视野里穿过，你在山谷里大声吆喝，群山积极将你回应。此后，你在一片乡土上种草种庄稼，养鸡养鸭养猪，开垦一片菜地，日出而作，日落而息。此后，你过着简单安稳的日子，再不用有那么多担心和害怕。原来，你需要的是这样的栖园。那犹如母亲怀抱一样的栖园是你最可靠的避风港湾，那里的人们纯朴善良……

或许，徜徉在温情脉脉的港湾，你也无须向高处仰望。在这充满深厚情谊的土地上，你感受到四季从容变幻，飞鸟自由飞翔或者高歌，牛羊在草地上放纵生命的活力，星星醉眼迷蒙，月亮圣洁如白莲花，太阳光也充满对未来的热情。而这一切都与疼痛无关……

器之随想

工欲善其事，必先利其器！

我从这俗语中抽出一件宝贝，握在手心，它是改造世界、开创美好未来的工具。显然要实现心中的理想，我必然要有很多的修炼。于人而言如此，于民族兴旺以及国家富强，这种对"器"的修炼，经历了漫长的历史过程，还要一直继续下去……

回首悠远的华夏文明，从旧石器时代以来，我们的祖先从未停下探索和发明的脚步。发明碗、碟、盆、盘、缸、鼎以及刀、枪、剑、戟等。伟大的发明创造，文字和造纸术为拓印历史的痕迹创造了条件。精巧的亭台楼榭——太白楼、黄鹤楼、岳阳楼，从江湖上峭立起来；千年的石拱桥——赵州桥宛若飞虹跨越沧桑的水面；气势恢宏的皇宫颐和园、紫禁城，迎接八方万国来朝；庄严神圣的庙堂接受芸芸众生顶礼膜拜……如此奇景，数不胜数，尽是出自泱泱中华炎黄儿女的博大心怀和勤劳的双手。在众多的华夏文明中，仅仅是陶瓷和青铜器已让世界震惊，那个时候，他们是怎么做到的？金银玉器更是提升了民族生活的品位，格调高雅，气度非凡，他们是怎么炼出来的？

中华民族对文明的渴望从未停步，发明创造改变了我们的生活，时代不断进步。"器"这个词被不断地丰富起来，从满足我们的衣食住行开始，到宏伟的大工程……不胜枚举的奇迹从神坛走向民间，真正地造福苍生……

我们用来盛饭、装酒、装粮食的东西，各式各样的容器、各种各样的材质、各种各样的花式，无不是伟大发明家的创新加上众多工人师傅用心血精心打造和雕琢出来的。那些器物带着人的梦想，栩栩如生地展开图腾。偶然中捡到一个古老却精美的碎片，或许，也能价值连城，而考古学家和收藏家的眼光更是独到和特别……

新时代日新月异，发展速度惊人。悄然间，文明已进入电子时代，信息化、高集成的大时代，智能机和计算机成为生活的重要组成部分。

从我们平凡的生活出发，再以崇高的敬意仰望那些呈现于中华大地的大"器"之物。

长江三峡电站，举世瞩目，抗御长江洪水，解决新中国能源短缺问题，作用至关重要……

辽宁号航空母舰，大国象征，移动的国土，捍卫国家主权，为造福世界人民的梦想保驾护航……

神舟飞船，带领我们领略精彩的太空——奔月不仅仅是梦想，脚步越来越近……

高铁、动车等正深刻地改变着我们的生活……

中国重器，凝聚中国力量，为世界树立文明的标杆。我们为自己的祖国有越来越多的大国重器而倍感光荣和自豪……

心血凝就，智慧结晶，一代又一代人坚持不懈地努力奋斗。为中华民族的伟大复兴，为建设美丽中国，倾力打造属于我们也属于世界的大器……

花解语，鸟自鸣……

仔细聆听，世界很奇妙。万物生灵皆有语言，无论你懂或者不懂……

花能读懂你的心，你能从花开花谢中感悟出很多道理。颓废与衰败，苍茫的世界在经历一番疲惫之后，由一朵花解开心结。春天来临的时候，花儿热情奔放，姹紫嫣红，并不畏惧寒冷和风风雨雨……

傲放的生命很美，譬如花之灿烂……

清晨来时，阳光明媚，一只鸟从朦胧中放声高歌，为黎明欢呼助兴。爱情再次于美妙的一天展开五彩斑斓的图景；生命如此可贵，活着如此美好……

你说你懂了。我也由衷地相信你懂了世界的语言。一些声音美妙如歌，或不需要文字镌刻，静静地聆听，由耳入心，丰富的想象力和感染力，甚至不需要任何的修辞，便悄然深入灵魂……

世界也开始慢慢地懂你，从你的呼吸中，从你的言行举止中，从你的脚步中，从你的心跳中，阅读你的存在……

你有很多话想要写下来，你的祖先发明了文字，从象形的符号开始，如诗如画地展开。表达情感，传递思想，抒发梦寐以求的愿望……

你有很多话想要说出来，你的母亲教会你说话，带着厚重的地方口音呼出：妈妈、爸爸……

你的世界逐渐丰富起来。你与世界交流和对话，用心学习和聆听自然间的花鸟虫鱼、飞禽走兽……越来越多的了解，越来越多的热爱，在你心中情不自禁地喷发……

你捧起了诗书画卷，浅唱低吟。世界也将你捧读，洞悉你的内心，感受你的快乐和忧伤，与你一起成长。而你也是大千世界美妙的一部分，包括你的调皮、任性……

仓颉造字，印刷术和纸的发明，而今互联网时代盛行的微信、QQ等，不断将你的视野和表现力拓展，你有话说就尽情地说，只要不伤害他人，不伤害世界……

从峥嵘的历史长河中走来，你经历了多世轮回，见证了无数个文化的巅峰时段，拜会过无数个语言大师和思想大师，孔孟儒学，四书五经，唐诗、宋词、元曲……

经典名著，一一展开：封神榜，西游记，三国演义，红楼梦，水浒传，杨家将，岳飞，包公，海瑞……

泱泱中华多少美妙的传说以吹拉弹唱的方式，一遍一遍重温。泱泱中华多少英雄如流星般划过长空。而你在多少年后，或也被世人茶余饭后谈论，连同你所在的时代一起被声情并茂地流传……

想想生活中的种种际遇，你便情不自禁拿起笔，摊开纸……嘴角有歌声轻轻地流露，那些是你内心的声音和语言……你要献给季节、献给世界上的芸芸众生，你的雕刻，你的奇思妙想，你的异彩纷呈……

绿水青山

我从哪里来？

一滴甘露徐徐展开，我从她的内部脱颖而出，若一颗活蹦乱跳的新星……

春天重新来临，风动柳叶绿，燕舞桃花红……

我又要到哪里去？

回到童年，回到故乡，猛然见到迭起的烟云，我疑惑自己是不是回到了天堂。我的思想在鸡犬相闻的乡村，重新变得简单纯净，无忧无虑……

我是快乐的天使，驾驭清风四处游荡……

五彩斑斓的山花次第绽放，青青的野草奋力拔节，苍劲的树木向蔚蓝的天展现磅礴大气。一尘不染的世界很美。我借助一块青石的支撑，借助明丽的阳光照射，阅读优美的诗书。此刻，时光很软、很柔、很温馨、很迷人……

我确已听不见城市的喧嚣和无奈。洁净的春雪敞开怀抱迎接我。迎接我的还有五彩斑斓的繁华世界……

机械的轰鸣声，汽车的马达声，飞机的呼啸声，人潮汹涌的街景，鳞次栉比的高楼，让人身心疲惫的除了生活的压力和抑郁，雾霾也不失时机地迷住了人的眼睛。河流的污染，沙尘暴的袭扰，一些青山的荒芜，水土严重流失，洪水泛滥，食品安全问题，触目惊心的景象和忧虑，让人只想逃……

我该逃去哪里？

燥热的天气里，寻找一丝如春的温凉。混沌迷蒙的沧桑里，寻找一缕如莲的清新……

不知过了多久，我才百转千回地从某个围城中挣脱出来，向一片新鲜感十足的绿水青山去，沿着一条河流逆行，心情逐渐放松，眼界逐渐开朗……

我走在回归大自然的路上，走在自我解放的路上……

我要去的是遥远的桃源、遥远的故乡、遥远的童年——陶渊明的草庐和南山也是我沿途的风景，那条从诗意中流淌出来的清流，是来自大地母亲最纯的滋养和抚慰……

一切都如我某一次身在鸟笼中的梦想一样，优美的世界让内心得到很大程度的满足。在清幽的山林之间，听鸟语，品花香，采蘑菇……无一不是美妙的享受……

奢侈的享受，在艰难中呈现出来，让人逐渐收拢欲望和野心。然后，开始珍爱遇见的花草树木、飞禽走兽。途中，每一个灵动的事物，每一个新奇的时刻，都让我感动不已……

不做猎人，不做渔夫，不向森林举起斧子，不向大地刀耕火种……我的世界被鲜活的生命力填充，绿意葱茏，碧水长流……我或是一个不可思议的人，渴饮山泉，饥食山果——悠游自在，不知流年苦楚……

从梦乡回来，我再次陷入茫然。

在应对气候变暖、雾霾突如其来、水质污染、高分贝噪声、战争、地震、海啸、疾病、暴雨、台风等方面，我心有余而力不足。耳畔，很多人发自内心并且声嘶力竭地呼喊：青山绿水……

可是，绿水青山在人的向往中展现出瑰丽的风景以及宁静安详，仿佛只是众人忙里偷闲中抽出的奢侈时间和空间，弥足珍贵。现实的围城，喧嚣浮躁，烟雾弥漫，从中挣脱，将自己放回美妙的大自然，忽然成了很多人幸福生活中最想刷爆朋友圈的亮点……

念

一

指向陌生的未来，我正越走越远……

从某个山区出来，跨过一条河流——那条河流，我们都叫刘家河，至于河的上游叫什么名字，不得而知。再沿一条江远足——那条江叫白龙江，到广元千佛崖并入嘉陵江，一起随长江入东海……

20世纪90年代初，我从丁家匾念完了小学，蹚过刘家河，翻越五里垭，再从晃悠悠的白家沟吊桥经过，走出白水街，在南坝绕了一圈，奔向昭化乘火车走进了繁华热闹的大成都。

然而，我并未停下脚步，岁月也没有停下脚步。甚至，我的脚步越来越快。我走出来的那个村子，那片青山绿水，很快便成了我的一个梦，再也无法企及。

就像将我的童年以及青春远远抛在身后一样，我将那个孕育我诞生且将我养育成人的地方，远远地抛在了身后，独自去闯荡世界。

而我竟然宁愿选择独自流浪，却不肯将她一直陪伴……

蓦然回首，我身后是深不可测的苍茫。俯首胸前，我的心怀挂满了念想。

那里，人们都叫它故乡。而我，也不例外。

或许，我最初被故乡当梦想放逐的时候，也只是一只五彩的纸鸢。可是，后来，我挣脱了故乡的牵挂——为了自己的所谓梦想，挣脱了故乡的牵挂，向山外的天地飘去……

二

在异地他乡，我将肉体与灵魂放逐，并在不经意间长出了白发，一张也曾尤邪的脸留下了岁月深深浅浅的痕迹。

当我忽然发现自己正渐渐老去的时候，我也发现自己正越来越想念我远去的故乡，想念我小学的钟声以及校园里姹紫嫣红的花坛，想念我中学慈爱的老师和友善的同学校友，想念沙洲中学后山青青的野草……

一片清幽幽的湖水，不紧不慢地上升，漫过了我悠长的思绪，又轻轻地晃动了起来。而且，在我故乡的方位，一地月华也被阵阵清风揉皱。这一刻，我在遥远的异乡，将我的故乡悠悠地遥望。

月华下袅袅升起的炊烟，慢慢飘上了我的眼帘，撩动我复杂的思乡情绪。少时，我竟忍不住热泪汹涌。

我年轻的父亲母亲、我土墙筑起的老房子、我的发小玩伴，我的叔叔、婶婶以及我喜欢喝点小酒的祖父，一一从我眼前走过……

我声嘶力竭地呼喊，可是，回应我的只有苍凉的风声……

三

我剩下的也只有越来越多的想念。

从村头到村尾，我苦苦寻找自己童年的足迹。奋力拨开一层层朦胧的云烟，我努力将时光的碎片搜集。猛然间，我发现自己小时候也特别调皮。

大人们都下地干活去了，把我留屋里看门。我却忘记了母亲的再三叮嘱，大白天的从家里跑出来，到树林里捕捉鸣蝉、下河滩钓鱼、上山采蘑菇。而家门呢，早就被我抛在了九霄云外。

在我忘乎所以的时候，我听见母亲的吆喝。抬头望天，已是晌午时分了。回头看母亲，手里正拿着黄荆条子。母亲的责骂和抽打将我从顽劣中打醒。我望着母亲痛哭流涕，内心也深深地自责。

母亲打完了，我偷眼看，家里的门还在，也没少啥东西。这才放下心来。而我身上的痛，也被柔软的时光很快抚平。

那时候的我，因为贪玩，从家里面跑出来，多少次被母亲捉回去用树条子收拾。我早已记不清了。如今，我能记住的也只剩下母亲为我们做包子、擀面、包抄手、滴面鱼儿、炕酸菜锅贴、搅米凉粉、烧馍、炸酥肉和面果……每一次，我都吃得肚子很鼓——每一次也都没吃够，因为我总是吃着碗里，望着锅里……

想想这些亲切往事，越想越抑制不住泪水哗哗直流。我的眼泪也流淌成小溪，从一片苍茫中走来，穿过一段明丽的时光，穿过繁花似锦的春夏秋冬，最终，也将消失于另一片苍茫的远景。

仰望母亲头顶霜花的白越来越浓，我内心打开了五味瓶一般，肆意翻涌复杂的情绪。沧桑岁月正将我的思念无限度地拉长……

碧血青天

一

女神亲吻了宋朝，意味深长地一吻。

而后，文曲星再也坐不住了。宁愿舍去天池逍遥，也要到人间去。

到人间平复怨气、悲苦，转世为人并以人的方式肃清喧嚣的尘埃。这需要一个人付出很多的艰辛和困苦。

弹指一挥，一蹴而就，对一个人而言，那些轻盈都不可能，因为人生是现实的。

深深的烙印，深入黑夜内部，重见天日，那个瘦弱的吻痕便留在一个人的额头。

那个吻痕是一弯月的象形，日断阳，夜断阴。多么可贵的天眼啊，折射出非常的光泽。

之前的寒窗苦读、之后的仕途艰难，都是一个人光宗耀祖济世为民必然经历的过程。

待一切痛苦都被坚强的意志囚禁，开封府的大街上，新科状元跨马游街，一路被官府鸣锣开道……

人群中，另一个名字引起更大的轰动：包拯！

没想到，这个"包拯"在此后几十年甚至几千年，越来越响……

二

岁月被精心打磨。

瘦成一个弯钩，那弯月想要垂钓什么？或许，只是喜欢清净，才刻意舍下了繁文缛节。

磨掉绝大多数精华，剩下的是精华中的精华。包拯心中有朗润的乾坤，世人仰望他的额头，就能看见。

明镜高悬的牌匾，约定俗成，官老爷到处挂着。但只有包拯诠释得最好，人品，行为，官声，一一名副其实，对号入座。

清正廉明，两袖清风，刚正不阿，不卑不亢，有礼有节，这些形容词穿在包拯身上很合适，不大不小，不多不少。

他黑黑的额头，一钩弯月峭立独行。他走月便走，他停月便停。包拯，正气与威武的代名词。世人称颂，他额头那弯月是天地最厉害的神器。

他为何如此与众人截然不同？只有一个解释——他是神！

三

锋利如刀，那弯月被模仿。

龙、虎、狗分别做了刀的头颅。刀身无须酷似偃月，只要够锋

152

利——能摧金断玉就行。

太师、驸马、王爷、最红的公公，他们为他们的不可一世付出了生命的代价——他们用鲜血为自己的孽障赎罪，荣华富贵从此与他们无关。

清与浊的交锋，每一次都格外激烈。曾经嚣张跋扈的权贵，视人命如草，那么试试偶露狰狞的铡刀，比谁更刚硬。一场场正义的经典之战，在大宋王朝演绎得让人拍案惊奇……

锋利的铡刀，斩妖除魔，大快人心。历史缘何将它们封存？

后人说不清。但历史封存不了的是那弯月的明亮，还有月下朗润如洗的乾坤，无论经历多少曲折、多少烟云、多少风雨，总在某一刻脱颖而出，一尘不染……

朗朗乾坤，那弯月不需要圆满，亮度却无可挑剔……

四

记住开封，并不是因为它在宋朝的腹心。

记住开封，主要是因为一个人——包拯。

遥望宋朝的开封，包拯冠戴整齐，引一群人走上大堂。

众人从"正大光明"的牌匾下，寻找公孙策、展昭、王朝、马汉、张龙、赵虎……

气象森严的开封府大堂，尚方宝剑，龙、虎、狗御赐铡刀依次登场……

仁宗皇帝是否犹豫和后悔？只有他自己知道。

仁宗皇帝身边的庞妃、庞太师、郭公公、陈大驸马等人，非常不甘心，但无可奈何。

铁证如山加上铁面无私加上嫉恶如仇，包拯是他们的劫数——在劫难逃……

五

重见开封，千年后，物是人非。

包拯只是一个久远的传说。魂归何处？龙栖地格外深情地捧起一朵朵圣洁的莲，昭示后来人。

隔空悠远地呼喊一声：包青天！

寂寥空虚之间，没有人给予响亮的回应。

或许，跪下来，望天哭喊一声：冤！

清风会调皮地吹掉头上的草帽。而后，草丛中，一只兔子向广寒宫跑去……

苍天有眼，徐徐睁开——那眼是一弯月，眯成一条缝，慢慢张开，荧光逐渐充实……

如刀的架构，犀利的寒光，高悬，俯瞰纷扰的人间，时刻准备着落下来……

清冷的月华自包拯额头落下来，落向一切腐朽与罪恶，便是锋利无比的刀，绝不容情；落向悲苦的苍生，便是一场温情的花雨，告慰万家灯火……

而后，默许一个愿望，祈祷天下苍生幸福安康，祈祷华夏繁荣富强……

第四辑　微露光华

虹

每一次看见彩虹，我都无比兴奋。

每一次看见彩虹，我都无比激动。

许多年后，一个暮春的黄昏，我终于又看见了彩虹。当时，我仰望彩虹的横空出世，恨不能插上一对翅膀，冲破世俗的束缚，勇敢地破茧成蝶。当时，我由衷地感慨和兴奋，这无比绚丽的自然风景。

一路坎坎坷坷，一路历劫弥坚，一路个性张扬。春去春回，花落花开，总想自己最终可以梦想成真。

一路风风雨雨，一路跌跌撞撞，一路激情豪迈。日出日落，潮涨潮汐，总想自己最终可以鱼跃龙门。

有人说，不经历风雨，怎能见彩虹。可是，当我发现自己经历了许多的风雨，依然未见彩虹。而且，经历了许多的风雨洗礼，我已觉得自己不再年轻气盛，同时，也有些身心疲惫。

心中依然有梦，依然想要继续追寻下去，可是，我真的有些力不从心了。因为，许多年的追寻后，梦依然很遥远很遥远。因为，许多年的沧桑后，彼岸依然很遥远很遥远。

在不经意的一个黄昏，彩虹突然横空出世，我仰望天空并惊喜万分。这样的风景已是多年未曾见过。自然赐予我风雨的同时，这一年赐予我一次彩虹。

七色彩桥，横跨两山之间，清晰可辨，流光溢彩。此前，春雨潇潇，连日不休。此前，春风萧萧，撩人无数。此刻，明丽的阳光下，天地格外地安详。此刻，蔚蓝的天空中，阴霾正慢慢散去……

此刻，我多想化作一只舞蝶，轻盈优雅地漫步于亦真亦幻的虹桥之上。此刻，我多想这样的绚丽风景能够永恒。可是，夜幕慢慢地降临下来，那道令人心旷神怡的彩虹消失在空旷的天边。留给我的只有阵阵夜风，一如既往地扑面而来。

总想人生能像那道彩虹般绚丽。于是，我总无畏经历多少的风雨和苦涩。于是，我总不惧拥有多少艰难和曲折。然而，人生真的如梦。

人生如梦！

憧憬和追寻美丽的人生风景的时候，很多时候都是在路上求索，为此，四处流浪和漂泊。那令人神往的美景其实很短暂。那短暂的拥有之后，也就是当我梦醒的时候，太阳依然从苍茫的地平线升起。当太阳升起的时候，我依然需要打起精神，独自向着梦的远方进发。

也许，我终将一无所获。不过，我庆幸自己，这一路上，经历了许多风雨——风雨中，我学会了坚强……

江离

汹涌江波里，一条中华鲟背驮屈子的身躯上岸。可是，屈子的灵魂已黯然飘远。屈子的肉身归于自然，但他留下的一些文字却从楚辞里离析出来，散落四方，沿江生生不息——一些文字开成野花，一些文字长成艾草，一些文字轮回为鱼，还有一些文字像水一样潺潺流动，还有一些文字像阳光一样自由潇洒，还有一些文字像风一样到处奔跑……

两千年峥嵘岁月也在风风雨雨里匆匆流逝，一如蜿蜒曲折的长江水，自唐古拉山出发，穿透秦皇汉武的眼眸，穿过唐、宋、元、明、清……两千多年后，沿江两岸的人们也从纷飞的战火中挺过来，阔步迈入 21 世纪，高举着伟大中华文明复兴的大旗，姿态昂扬地走向未来。中华盛世宏伟蓝图徐徐展开，一群华夏儿女划着龙舟经过葛洲坝，另一条精灵流星般降生为池中物——她是诗意的化身，她也是一尾中华鲟，她吻了羊角岩的手指。

她娇羞且深情的一吻，激荡了羊角岩的心。只用一个瞬间，两颗心便灵犀相通——一个找到了久别的"父亲"，一个找到了乖巧的"女儿"。

无名的小鱼儿，被身为作家的"父亲"取名"江离"。获得名字的那一刻，羊角岩的眼眸，一道华丽的光彩，带着奇异的芳菲忽闪而过。而后，日子又放慢了节奏，一切归于平淡。

2016 年 4 月中旬，暖暖的春阳照耀人头攒动的胭脂坝，江离和羊角岩在此作别。泱泱水路一直向东迤逦远去，江离来不及多看一眼岸上的"父亲"；羊角岩也来不及多看一眼"女儿"匆匆消失的背影。缱绻思念，在这一天早晨，从羊角岩的眼眸延伸出来，向东海滋蔓，向太平洋追去……

江离，江离……

羊角岩的呼喊，从胭脂坝上出发，向悠远空旷的宇宙飘去。而江离用叫声与羊角岩的呼唤一同在空中和弦。而这美妙的和弦一直在羊角岩的脑海里挥之不去。

离别后，很多年里，羊角岩都会不自觉地想起江离。而每一次想起江离，也总会有几行热泪从羊角岩的眼角悄悄滑落——多年来，环境污染问题仍不见明显改善；气候变暖问题仍在继续恶化；沿江的水土流失也未得到根本遏制；浑浊的长江年年都气势汹汹……偶尔还听见放流的中华鲟被人捕杀以及有中华鲟因水土不服而夭折的噩耗，羊角岩的心难以安放，越想越对江离牵肠挂肚……

有时候，羊角岩想，外面的世界天大地大，也许，江离一切都很好，而自己真的是多虑了。这样想的时候，羊角岩竟在某个月华如水的秋夜里，梦见自己鬼使神差地来到了胭脂坝，用手亲近江水，并轻声呼唤一声江离。粼粼波光闪动，江离果然踏浪而来，游到羊角岩身边，再次亲吻了"父亲"的手指，还像从前一样惬意娇羞。然后，一道光向长江上游闪过，江离越过葛洲坝，向唐古拉山飞去……

在另一场春梦里，羊角岩梦见江离在一个人迹罕至的海湾安居下来。在那一片纯净的蔚蓝里，江离无忧地畅享明媚的阳光，亲近绿茵茵的野草。偶尔，也有灵巧的燕子从圣洁的云朵身边穿过，从繁花盛开的海岛一角，带回江离的消息。江离所在的地域就是一处人间天堂，在那里没有空气和水污染，也没有伪善的猎人张网以待，更没有城市的喧嚣与繁华。在那片神奇的岛屿，江离带着她的孩子们在海滨嬉戏，她们的笑声一直传向很远，很远……

一块鹅卵石

经过多少年狂躁的跳跃，一块磨光棱角的石头，成为鹅卵石家族的一员，跳上一条河汹涌澎湃的波峰。等到激情黯然消退，河流的歌唱呼啸远去，浅滩成了新的命运定位，而且，人迹罕至的浅滩一同被河流越甩越远……

对一条鱼的眷恋成为前尘往事，对大海的向往成为遥不可及的梦，原本跟随浪涛向前的脚步，一直在后退。鹅卵石在荒草丛中，听鸟语花香，望斗转星移。飘逸的云，潇洒的风，火热的流光，在梦与现实间交替……

地壳运动，用数千年的时光带领被抛弃的鹅卵石一起蓬勃向上，追寻一只鹰的脚步。从新铭记一幅壮丽的图腾。石头是卓越生命的一种，风风雨雨将沿途的疼痛磨成齑粉，然后，灰飞烟灭。身在不知名的山坡，聆听红楼一梦从说书人的口中清醒。另一块石头的神话破灭，平庸的岁月与爱情无关。然后，拂去淡淡的忧伤，任漫无目标的等待被岁月越拉越长……

不知过了多少年，突如其来的地震，剥夺了一块卵石好不容易获得的高度。而且，不顾一切地滚下山来。那些被石头压抑的小草躲过惊悚刺激，出乎意料地呼喊：摔碎它，摔碎它，摔碎它，摔碎它……

沿途，所有的生命都像躲避瘟神一样躲避坠落的石头。它们都害怕善良被击穿的时刻。与其一同毁灭，不如袖手旁观。一些烟尘被激荡起来，它们成为岁月新的苍茫呛人的一部分。厌恶的表情带着惊慌不定的虚伪……

以不可自测的加速度下落，悲催的石头失去了被仰望的自豪感，重新回到平庸的地平线。此刻，李玉刚唱出一块石头的心声。然而，僵硬的石头欲哭无泪。雷鸣电闪擦肩而过，不幸的石头仅仅剩下一如既往的坚强……

获得新的高度，成为被仰望的风景，不知还要再等多少年？

追上匆匆的河，加快速度追上大海，不知还要再彳亍多远？

纷乱的思维在狭隘的空间徘徊，岁月在石头的世界里一如既往地翻越春夏秋冬，一会儿狂躁，一会儿温存，一会儿烂漫，一会儿无聊，一会儿峥嵘，一会儿写意，一会儿漂亮，一会儿丑陋，一会儿哭，一会儿笑……

在喜怒无常的变幻中，悠悠岁月不知翻过了多少个春夏秋冬。漫不经心的年华里，等不来天使奇妙的垂青。某一年春天，一群人喧闹着走向河滩，挑选石头。历史悠久的鹅卵石，不得不放下残存的梦想，迎来另一个沉重的开始。人们在它的身上建立城堡，它成为一座禅院基础的一部分。在黑暗中，默默倾听日出月落的声音，它不敢再闹出一丝一毫的动静……

晨露

我想，看你在我手心盛开，鲜花一样绽放，极致的温存与芬芳……

我想，看你在我手心升起，星星一样闪耀，极致的华彩与光芒……

我想，看你在我手心炫舞，仙子一样呈现，极致的美丽与灵巧……

你从哪里来？我并不知道。但我知道，在 2015 年 11 月 1 日早晨，你的再次到来充满神秘，也让我万分惊喜。你或许来自一座山，来自一个湖，来自一条河，来自一片叶，抑或来自缪斯的梦中，像一条鱼，游到平庸的世界来看我。

而我也一直渴慕好好看看你。这个愿望，由来已久。或许，早在千年以前。或许，更早……

我想好好看看你。在太阳融化你之前，在风吹干你之前，我一定要好好看看你。我要珍惜，上帝赐予的宝贵机会，也许，下次不会再有这样的幸运，抑或需要等待更久。

我要好好看着你，用缪斯的眼神看着你，用满怀的惊喜看着你。看你的平凡，看你的神奇，看你如何潇洒于瞬间和永恒之间，看你如何展翅翱翔……

　　我用一片翡翠般的莲叶托起你，放在手掌。我保持足够的安静，几乎屏住呼吸——我不让你知道我在某个角度悠然地看着你，尽最大努力不打扰你。

　　我看你熠熠生辉，像一颗珍珠；我看你晶莹剔透，像一颗水晶；我看你照见蔚蓝的天空，你真是一颗幽蓝的星星。我看见五彩斑斓的你，照见了鲜花，照见了高山，照见了飞鹰，照见了大地，照见了河流，照见了万物苍生……

　　我将你倾听，拉长了耳朵。我听见了风雷阵阵，听见了大海磅礴的涛声，听见日月在你的体内起落，听见千万条河流在你心中奔腾，听见高山向云朵生长，听见树在向苍天拔节，听见蝴蝶扇动着轻盈的羽翼……

　　我也在你体内，看见了自己……

　　你悄然化去，去追阳光，去追风华。或许，你把自己给了一朵花，给了一棵草，给了一只雁。然而，我确信你并未消失。我站在原地，欣然看你打开了一个明净的大千世界，你其实已与天地同在……

淡淡的馨香

从迷蒙之夜醒来，走出院门，不经意地瞥了一眼院墙久经风雨洗礼的墙脚，一些胭脂花嫩绿的叶芽蓦然跃上我的眼角。

一轮纯净的朝阳爬上对面的山梁，一缕温柔的阳光透过一片稀稀疏疏的竹林间隙倾泻下来，洒在这些刚刚出生的胭脂花苗身上。我感觉它们生机焕发，所以，徜徉在清爽的晨风之中，我由衷地笑了。

稍稍一留神，我突然觉得这些胭脂花籽的落生与成长是一只妙手别出心裁的作为。

它们没有躲进荆棘丛中苟安一生一世。

它们扎根在一条从南到北的乡间大道旁，却碍不着谁走路。即便是一辆大卡车也能从旁顺利通行。

它们成长在贫瘠之地，不显现丝毫的萎靡和不振。

它们依偎在灰褐色的砖墙脚，却不会像牵牛花那样顺势爬上墙头，也没有如苔藓就地滋蔓，也没有树的挺拔以及竹的清高，却个性鲜明。

它们对生活的要求甚少，它们将倾尽心血点缀我的家门，即使我并不怎么照料它们这些可爱的小生命。

它们在向路人展示自己平凡的存在；虽生得贫贱，却不卑不亢地活着。

它们并不是一些弱女子的化身。

能如它们般的存在，也是很不容易的。它们虽处淡泊，却健康积极。

就在我为它们暗叹的时候，就在我想起童年岁月里从学校摘了许许多多胭脂花籽撒播于贫寒故园的情趣的时候，春天已匆匆归去了，姹紫嫣红的童年也一闪而过。与以往亲手栽种花草不同的是，在大拆迁桑田成沧海之后又来到我家门口的胭脂花是出乎我意料的一抹风景。在它们的脑海里，沧海也悄然成桑田，而我还在困顿中倒时差。

夏日姗姗来临，我怀着激动的心情在风雨无常兼有火热的阳光下，殷切地期待花朵，期待繁华盛况已过又地处乡间的一方薄土之上绽开的花朵。就像期待一种奇观：胭脂花有金黄的、紫色的、火红的，要是竞相盛开那我的家门可就光彩照人了……

花期真正来临的时候，我意外地发现所有的胭脂花蕾都是淡白色的，绝没有一朵黄的，绝没有一朵红的，也绝无一朵紫的。这时候，我才认识到这一簇胭脂花的品格原来是如此简单而纯粹，不与百花争奇斗艳，只以自己淡淡的馨香美化生活，洁白雅致而不是妖娆，纯朴自然而不故作姿态取悦于人。

它们不善于招蜂引蝶。它们倾尽心血吐露短暂的青春。它们在此一隅实在是一枝独秀，在它们身边，苦竹显得苍老，小草显得渺小，树木显得粗糙……我由衷地欣赏它们的单纯之美，有始有终……

它们虽然单纯，但是它们恰当地表现了自己，并且正确地实现了生命的价值。与此同时，它们没有犯下取悦爱漂亮女人的错误，它们不会牺牲自己让原本不难看的脸蛋变得胭脂气浓。它们的花朵是要缔结花籽的。

然而，在一头老水牛的眼里，只有能吃与不能吃的两种植物。我家门边的这一簇一直过得平平安安的胭脂花让路过的一头老水牛啃了一大半，幸亏让我发现才作罢。我责备牵牛的大婶，她一脸无所谓，讪讪地笑，说：不就是一些不好看的花嘛？她一边说，一边走远了，仿佛是见我真的生气了。就在我家门前这些胭脂花灰飞烟灭的时候，我蓦然听到那头歪脖子摧残过正盛放的胭脂花的老水牛因它一生劳苦到了不中用的地步而被卖进屠宰场的消息，不禁长叹一声。

　　那头老水牛在变成一叠大肚子大婶眼里的钞票之后，受到了千刀万剐。能如此对待生命的俗人，又岂能在乎花草。

　　值得庆幸的是，历经重伤之后，我家门前的胭脂花苗又在和风细雨中，新芽萌发了。一如既往地顽强生长，盛开白色的小喇叭花，吹响青春的号角……

樱桃黄了

从乡间小路上经过，我仿佛还在乍暖还寒的春雪里。那柔软的花絮并不是白雪，我忽然又想起来了。一些绿茵茵的草，连同叠翠的树，还有粉红的桃花玉面含苞，它们都告诉我那纷飞而去的白是樱桃花……

来不及更多叹息，一转眼，我就越过了芳菲四月。

芳菲四月的温馨与浪漫，被热情的阳光迅速融去，连同春愁一起融去。而我在一场春梦中惊醒过来。一些麻雀在屋外闹喳喳地吵个不停，是它们搅扰了我的好梦。而后，我跟着它们的喧闹寻去。从门前的土路，自南向北走去，走过灰褐色的围墙，我在几株樱桃树下停住了脚步。

那几株樱桃树长在路边，在两米左右高度的土埂坡面长着，再往下是一个旱田，再往下是更高的地坎，再往下就是一槽正长满油菜的水田。它们背后是一条两米多宽的土路，再往后就是一个大杂院，住着十来户人家。它们让我停住脚步的原因，是我忽然发现那些干瘪瘦小的小樱桃果，不知不觉丰盈了起来。

在一道道自东而来的阳光照耀下，稀稀疏疏的叶子里，那些小樱桃果逐渐退去了青涩，晶莹的样子白里透黄，黄里泛红，若美妙少女的脸庞，煞是可爱。

樱桃黄了，樱桃黄了……

燕子也在云中欢叫，天空也格外晴朗。而这时候，我更是发现越来越多的人会在树下停留。酸中带甜的滋味，的确，让人情不自禁。牵牛而过的大婶不自觉在树下停步，骑摩托飞驰而过的老哥也在路边刹车，还有欢呼的小孩子以及浓妆艳抹的小媳妇也闻讯而来。他们早忘记了非礼勿动的古训，趁我们家的人没留神就伸出手去，采几颗樱桃尝鲜。要是碰见我们家里的人出来，就讪讪一笑，恋恋不舍地离开。而在更高的李子树上，那些最先发现樱桃黄了的麻雀们也会像小偷一样，啄住一颗樱桃就赶紧逃跑，吃完了再伺机而动。

五月伊始，第一批樱桃上市，到镇上能卖 10 块钱一斤。原想，等樱桃再黄一些的时候才摘了卖。可是，事情并不如我们所想，低处的樱桃被路人一天天偷偷品尝，越来越少；而在高处，眼尖的麻雀们甚至还有蜂子也不会太客气。在我们决定开始采摘樱桃去卖的时候，一早起来，我们在树下发现有人比我们更早。几根拇指粗细的樱桃树枝被拉断，掉在路边，树叶也撒落了一地。

我张口就想骂人的时候，母亲制止了，说：都是一步邻近的，低头不见，抬头见，何必为了几颗樱桃伤了和气。我暗地里抱怨，吃樱桃就算了，还把树枝拉断，这人心也的确太狠了。你虎着脸说人，人家厚着脸皮说，不就是几颗樱桃嘛，值几个钱？

等我们收拾了剩余的樱桃到镇上去卖，樱桃的价钱也越来越低了。新鲜的樱桃，从五块钱一斤起步，卖到两块钱一斤，再贱卖到一块钱一斤。想想樱桃开花前，我们给樱桃树施肥，在离树根一米多的地方开槽浇灌了不少农家肥，所以樱桃才比那些没人管的樱桃要甜许多。在樱桃树上付出的心血劳动，这也是别人不曾在意的事情。我们的心血仿佛是白费了，但生活中很多事情也是这样无可奈何……

炫舞

激情瞬间燃烧，你像一片红叶，带着欢笑，离开树枝，飞上广阔的高原，飞向蔚蓝的天空。听天籁悠然响起，你献上绝妙的舞蹈。天空，因你而精彩，大地因你而骄傲，连海也为你欢呼，万物苍生侧目，你在九天之上炫舞……

这一刻，你就是鲜花！

这一刻，你就是火焰！

这一刻，你就是凤凰！

这一刻，你就是天使！

这一刻，你站在深秋的早晨。这一刻，你瞬间迸发出绝代芳华让人刻骨铭心，万众欢呼雀跃。就在繁华落尽西风袭来的早晨，你毅然迎着冷冷的霜风，刹那间将秋意引向了高潮。

这一刻，你等待了七百年，甚至，更久……

世人难以企及你梦的源头，也难以触摸你沧海桑田的岁月变迁。而你绝大多数时间里，默默地坚守着那一份绿意，总以昂扬的气势，山一

170

样挺拔，指向云天，指向星辰。缪斯从你梦中飘然而过，从此，你也充满神奇。在百花的喧闹中，在长虹的炫彩里，在金色的田野上，你却将精魂深藏起来，然后，默默等待……

回望漫漫风尘路，春天，没有以花的芬芳赢得爱情，蝴蝶和蜜蜂从你身边缱绻而过，追花逐月而去；夏天，烈焰将你千锤百炼，磨光你的棱角，经历无数次暴风骤雨的洗礼，你却越发苍劲有力；而在秋天，你站在泱泱秋水边，风姿绰约地放下所有的懦弱，失望，怨恨；就要面对寒冷的冬天，你呼啸一声欢笑起来，无忧无虑，超然洒脱。

在你的生命里，一千年的时间很长也很短——长到人们能望见唐朝，文成公主进藏的马队缓缓而来；短到只是一年四季甚至一帘幽梦。而你在世人的仰望里，用你所有的修行，将内在的精彩，瞬间爆发，然后，走向永恒……

万里碧空之上，一轮鲜亮的红日，破尽苍茫，呼啸而出……

万里碧空之上，你张开翅膀，向冉冉升起的朝阳高飞。美丽的格桑花列队站在广阔的高原，卓玛捧起紫色的哈达，纷纷仰起一张张粉红的笑脸对你顶礼膜拜，同时，优美的歌声从雪一样圣洁的白塔前唱响。连满山遍野的牛羊也将你仰望——你在天空舒展羽翼，以极致的芳华和绝妙的姿势炫舞，带上芸芸众生的梦想，一起去无限美好的远方……

始于青白

青者至青，白者至白……

青是碧水，青是纯净的天空；白是云朵，白是羊群，白是圣洁的雪……

青白之间，日精月华洒向人间，一条生于雄伟羊拱山上的河流与另一条生于秀美九寨丛林的河流，百转千回也要合成一条磅礴的大江，在巴蜀大地雄浑浩荡，途经大禹王宫，途经都江堰，而后，华丽转身……

神女有梦，青出于蓝而胜于蓝。追随岷江，进入青白江段，仙子在桃花盛开的地方，凌风起舞。美丽的仙子更胜卓玛女神几分，冥冥中让人心驰神往，忘我地寻觅……

泥沙俱下，深深埋藏了三星堆。千古惆怅，千古悲欢，在一次次桃花粉红的笑颜中淹没。许多年后，青铜面具、青铜戈、柳叶剑、青铜鼎等神秘的器物被发掘出来……

于是，每一个清新亮丽的春天都带着别样的神秘感刷新出来。这属于青白江的春天，十里桃花，芳菲无尽……而属于青白江的春天甚至所有的季节都极富创造力，古文物与现代文明一同为这一方水土增添了厚重的色彩，渲染出繁华的现在以及富丽远景……

向重汽寻去——在千古以后的阳春三月，遇见卓兮，仙子般灵秀的女子。琴棋书画皆通，她是重汽柔情的部分，她是青白江诗性的部分。青白江给予她不息的灵魂，她在青白江的呵护下成长，她在青白江边盛开。她于青白江是普通的象形，可细想，她又是青白江绝无仅有的风景……

从卓兮内心穿过的时光，扩展开去。如此，40年有很多荣耀，值得欢欣鼓舞；始于青白的40年，属于卓兮，属于青白江人，精彩的时刻总是层出不穷……

始于1978年冬天的春梦用40年心血，造就精妙的人文，造就一座城的兴旺繁华。而众人在2018年盛夏，回望青白江，听一个美丽的女子弹唱，看一个神奇的女子书写、描画、涂抹……

经历了40年的卓越发展，进入青白江，重温八阵图，怀想金戈铁马的场景，铿锵有力的呼喊声，依稀还在昨夜梦回。穿越四十年峥嵘岁月，品鉴诗意葱茏的青白江，驻足金刚池，寻觅金刚经，半池荷花，半池涟漪，妙趣天成……

经历了40年的长足发展，青白江这一方水土已是交通便捷、信息畅达的大成都木芙蓉广阔胸怀极其富饶的一部分。成渝、宝成、达成、北环线等专用铁路奏响青白江日新月异大时代里强劲的歌鸣；而成绵乐客运专线、京昆高速、沪蓉高速、成都第二绕城高速、成巴高速和108国道、101省道等公路经过区境，为青白江经济腾飞助力；成青等快速通道使青白江区与成都市老城区无缝对接，融为一体……

近年，青白江围绕打造通达全球"一带一路"大走廊目标，加快做强成都国际铁路港"一个核心"，拓展国际国内物流"两张网络"，推动物流业与制造业、服务业"三业并举"，做强枢纽、节点、腹地、服务"四大支撑"，积极推进自贸区建设，努力建设"贯通欧亚、通江达海"

的国内第一国际铁路港，全力打造开放型国际化新青白江。连续八年获评"四川省县域经济综合实力十强"，连续五年跻身"中国市辖区综合实力百强区"；成都国际铁路港先后获批国家对外开放口岸、多式联运国家示范工程、平行进口车试点城市、跨境电商综合试验区，获得"中国第九届金飞马奖物流园区建设运营奖"；工业集中发展区被国家知识产权局批准为全国九个、西部唯一一个开展战略性新兴产业知识产权集群管理工作的园区……

深情回眸改革开放 40 年，眼中源源不断的钢铁洪流，将青白江人民的声音、足迹和梦想不断向远方传送……与成都共腾飞，与巴蜀共腾飞，与中华共腾飞，携光荣与梦想同行的青白江用四十年造就了诸多的神奇，林立的高楼，在美丽的桃园星罗棋布，漫步其中，犹如在人间仙境徜徉。新时代宏大的格局向青白江徐徐展开，青白江人民也握紧时代的脉搏，为续写幸福生活优异的篇章，共建更加美丽的家园而昂扬奋发……

2018 年盛夏，神性的表达述于笔端，落于纸间，画城——琼楼玉宇；画树——万紫千红；画一条江——气势如虹，九曲回肠之后，展开凤舞龙腾……

2018 年盛夏，千万朵莲花举起莲台，昭示青白江，风雨沧桑在喜庆的节日气氛里搁浅。以青白江为血液和脉搏，青白江人无不厚重，精深博大……

2018 年盛夏，以青白江为图腾，萌萌初心，砥砺奋进，致力于与万花共繁荣——从神奇到神奇，惊艳的风景一往无前……

寻龙

龙在哪里？

一条音乐的河流，从古琴一角流泻……

一柄惊鸿长剑出鞘，耀动茫茫江湖……

一道铁门被打开，一颗虎头威武峭立……

一只香炉在山前，一缕缕烟云袅袅升腾……

一只青铜鼎煮酒，人间芳华四下飘散……

一对铁环垂下来，螺蚌椒图，华庭安在……

一只神龟负重而行，神殿石碑，星光闪耀……

一根玉珠撑起脊梁，一双慧眼悠悠远眺……

一个罐子肚量很大，牙口超赞，金银玉器，越积越多……

龙在哪里？浩渺云天下，龙的子孙在回应——龙有很多的子孙！

龙众多的子孙都在哪里？沧海涌动，神州大地，五千年赞歌，五千年奇景，五千年传承……

走下神坛，龙的气韵，在鱼的身上，在马的身上，在人的身上，灵光闪烁……

　　穿龙袍的人——走过，属龙的人——走过，披龙鳞的鱼——游过……

　　一匹骏马快如闪电……

　　泱泱中华，风在二月扯开万里江山，如诗如画：

　　一条雄浑的大江奔跑出来，千条河流追逐而来……

　　一朵瑰丽的牡丹盛开出来，万紫千红豪情怒放……

　　一只高贵的凤凰飞将出来，无数小鸟欢腾不已……

平原骆驼

20 世纪 90 年代中期，当我第一次游玩于都江堰外江边时，发现在这沃野西川边陲居然会有骆驼。而且，只需花两元钱就能跨上驼峰扮成沙漠骑士拍一张艺术照。

以前，我只在影片里见过骆驼。于是，不由照相摊主耐心劝诱，我便欣然换装背铁剑道具冠戴整齐之后，翻身跃上驼峰，神采奕奕地做个表情。

在如愿以偿后，安然下到地面，我的思想却暗中滋生了一些变化。我之所以能骑上一回骆驼全靠他人帮助，而非我能征服跟前高大异常的沙漠之舟。

想一想初衷，我对骆驼还有过一点敬意。

当漫天风沙袭来的时候，骆驼的先祖没有仓皇逃避，而是以顽强的生命力，抗御着恶劣的生态环境，逐渐向适应沙漠的一面艰难地完成身体各器官的进化。骆驼可称得上生命在沙漠中展现的唯美精灵。上古人类开辟西域丝绸之路时，骆驼们立下了不朽的功勋。

可我眼前的骆驼活在繁华的城市边缘，除了陪游客照相之外，便碌碌无为，将终此一生。我感觉这牵骆驼入平原是一种不可宽容的错误，或者说是人类好事者自觉制造的一种悲哀。

　　虽然主人会安排好骆驼的起居饮食，但我从平原骆驼的动作中感到生命潜能遭受埋没的无奈，而它们却无从发泄。即使偶尔也有踢人倾向，但着实讨不到便宜。一旦伤于路人，恐难免受罚，甚至失去主人家的信任，后果更不堪设想……

　　那一根大拇指粗细的绳索牢牢拴在骆驼鼻孔与木桩之间，所谓工作时间至多能以木桩为中心徘徊；偶尔要高昂起头颅，却受到牵扯，不得不又低下头啃地上稀稀拉拉的干草；有时竖起耳朵想要倾听故乡的萧萧风声，却被哗哗的岷江水冲淡成遥远的记忆，圆睁眼球望不穿雾气烟云……

　　生存现状与理想格格不入。为维持生命，得尽量讨得主人欢心，干些摧眉折腰的勾当也理所当然。不用做繁重的体力劳动。食宿无忧，身体渐长肥膘，落得如此不好？戈壁滩中锻造出的特殊能力与意志将于此中不断淡忘，并向庸碌的状态进化。若世间没有了沙漠，如此安置骆驼的生息，我将无从感慨。倘若沙漠也将由于人类自身的错失而漫向这城市边缘，眼下已远离沙尘生存经验的骆驼，可还会驰骋自如？

　　我对平原骆驼起了无助的怜悯，忽然醒悟不该在骆驼背上洋洋得意地照相。然而，我已渐渐走进了市区，加之身心疲惫，才懒得再奔回外江一趟。

　　事隔三天，我专程跑去外江边取照片。碰见给我拍过照的摊主正驱使那头骆驼跪下来，以便给一个只有七八岁的小孩子坐骑，它显然还是温驯地屈就了。摊主忙完转向我，满面热情地夸赞说我照出了骑士风度。我干脆地付了钱，带着照片默默地走向江边。

　　我站在江边将那张所谓的艺术照连底片一起扯成了碎屑，随风飘散到波浪之中。同时，有一双眼睛神情奇怪地注视着我在江边的动作……

放风筝

雄关漫道，峻峰林立，峥嵘岁月，气象超然。一只纸鸢怀揣了一场千年的春梦，迎着乍暖还寒的春风，突然间醒来——一缕阳光照亮了它的眼睛……

那久违的阳光格外干净也格外漂亮，穿透厚重的阴霾，如箭矢一样犀利。穿越冬天的纸鸢，破冰而出的心情，被逐渐热烈的火焰呼啦啦地点燃……

某个清晨，春天被从容打开。忘却所有季节的悲伤与疼痛，脱胎换骨的纸鸢在人群的欢呼中，腾起于苍茫之野，带动地上萌萌的雪，像花一样五彩斑斓地盛开；带起枯草丛中酣睡的牛羊，像风一样撒欢追逐……

谁的福音从温存的一隅被传递，传向四面八方。天使隐藏了曼妙身形，但那高飞的纸鸢，无比真实。想那些纸鸢其实是天使的化身。尘世间，一只只耳朵，侧立聆听；一双双眼睛，凝视天空；一颗颗头颅，气宇轩昂……

飞越千山万水，以雄鹰的姿态，向风起云涌的天空，展开长长的羽翼。如此一来，那些被放飞的纸鸢有了卓越的灵魂，想它便是鲲鹏，想它便是雄鹰，想它便是蝴蝶，想它便是苍龙……

青涩的野草从衰败中振奋起来，文人墨客忘却斯文，在空旷的天地间狂奔。手中紧握长长的丝线，一头牵引着现实，另一头牵引着未来。向远方翱翔，多么不可思议的愿望，在明净的天地间，越来越高……

琼楼玉宇，日月星辰，由一只灵动的纸鸢来靠近。当然，那些美妙绝伦的纸鸢其实也是呕心沥血的精巧之作。那些不可尽言的精心构造也是天使赐予的智慧，借助一双双巧手，连接天上人间，连接梦想与现实……

熠熠光华，照出一座七色虹桥，照出一条通天大道。跟着纸鸢的方向追去，每一个人都能找到欢乐；跟着纸鸢的方向追去，每一个人都能找到爱情；跟着纸鸢的方向追去，每一个人都能找到幸福；跟着纸鸢的方向追去，每一个人都能找到栖园……

在找到梦想的归宿之前，所有的凡心都跟着卓越的纸鸢一起飞，执意顽强地超越尘世沧桑，一并穿过暴风骤雨，一并穿过如火的阳光，一并开启金碧辉煌的秋天，同样，高举一朵圣洁的莲花告慰浮生……

回眸前尘往事，幸福的渴望原本是从一只心仪的纸鸢开始，放风筝的人们也被大地母亲高高捧起。他们挥舞着双臂，那分明也是跃跃欲试的翅膀正在春华里翕张。一路看尽美妙的花，一路领略莺飞草长，一路展开欢快的河流，从头顶洋洋洒洒而来的阳光亮丽了巍峨群山和苍茫大地，诗意远方被一年年一天天刷新，美妙景象层出不穷……

回望悠悠岁月，横越两千多个春夏秋冬，每一只风筝都有梦想，而且都从某个春天复苏。金碧辉煌只是梦想的一部分，国泰民安只是梦想的一部分，五谷丰登只是梦想的一部分，龙凤呈祥、鱼跃龙门、百鸟朝凤等，由风筝从不同角度展现的梦想，也一并成为泱泱华夏伟大复兴梦的一部分，向广阔的世界展开，向浩瀚的宇宙展开……

女神

梦里花开，一轮明月，冰清玉洁。

梦里花香，一朵奇葩，倾国倾城。

梦里花艳，一位天仙，羽衣霓裳。

冥冥之中，我已超然洒脱，一直向着梦的远方，振翅高飞……

梦的远方，天涯海角，有你唯美的笑脸，总将我张望……

梦的远方，玉宇琼楼，有你纯净的双眸，总将我打量……

冥冥之中，我已超然洒脱，一直向着梦的远方，振翅高飞……

梦的远方，九天之上，你仪态万方，流光溢彩……

你是花中魁，万花将你簇拥……

你是鸟中王，万凰将你推崇，至丽至尊……

百世千世，我都将你追寻。千世万世，我都将你膜拜。总想某一刻，我能梦想成真，作为你无上荣耀的一部分……

一万年的孤独算什么？

一万年的苦难算什么？

一万年的煎熬算什么？

一万年的风雨算什么？

一万年的穿越算什么？

一万年的沧桑算什么？

一万年的轮回算什么？

我痴痴的心儿，总将你信仰。我纯纯的情儿，总将你渴望。历尽无数漂泊，历尽无数寒暑，我一直都向着你的远方，振翅飞翔……

只为那一梦，阳光明媚，破尽苍茫……

只为那一春，草长莺飞，羽衣霓裳……

只为那一朝，相遇相知，倾诉衷肠……

只为那一刻，我飞到你身边，无比地骄傲与自豪。只为那一刻，你站在我面前，绽放唯美的笑容。然后，我悄然为你沉醉。然后，我悄然为你忘情——

我便无悔地为你化作一抹亮丽的春晖……

我便无悔地为你化作一滴五彩的晨露……

我便无悔地为你化作一捧温存的土壤……

散开

一首诗，优雅地散开，如云，如烟……

一部曲，自由地散开，如风，如梦……

一个富丽的王朝散开，回到零点；一座雄伟的宫阙散开，回到沙洲；

三千佳丽，金戈铁马，纷纷散开……

借着微微的酒劲，向茫茫宇宙散开……

从来处来，到去处去……

那些散漫的文字，那些自由的音符，纷纷划过我的指间……

再一次，再一次，再一次……

或如莹雪飘荡，或如甘露蹦跳，或如流萤飞舞，或如河流潺潺……

或如花开花落，或如草绿叶黄……

或如鱼跃，或如鸟鸣……

或逍遥四海，或放纵天涯……

它们带走我的体温，我的梦想……

它们回到最灵动的初衷……

诗，只是它们生命旅程中，因阳光而精彩的一部分。谁是谁的背影？谁是谁的歌鸣？谁是谁的梦想？谁是谁的书写？

　　或许，谁也说不清……

中秋辞

引弓苍茫，指向无极……

引我者，秋月也！秋月者，圣像圆满无缺——生命也在中秋因那一轮月而神往情迷……

化竹为箭，风情万种地射出。响亮的风声，从我的故乡飞向梦里天堂，沿途的风景美妙旖旎……

以月心为我心，浩渺天地，我也与女神携手走出一段有关爱的传奇……

嫦娥，后羿，桂树，白兔，冰冷的宫阙，寒玉堆砌……我是千万里之外别样的风景。所幸，一个人在说出咫尺天涯的同时，也说出了天涯咫尺……

我在千万里之外的凡间——在某个偏远的乡村日出而作，日落而息……

一些庄稼在我鸡犬相闻的乡村，下种、青涩、奋勇拔节——它们也在人间凝聚天地精华，彰显磅礴气势……

喧嚣的尘埃，袅绕的水雾，给予我朦胧、束缚以及猜想——并不明朗的时空，一轮秋月在我的脑海充满引力……

待到深深沉沉的中秋夜，空虚寂寞中蛰伏已久的莲缓缓突破苍凉……那一夜，我听见风雨潇潇而落，繁花缤纷而下，黄叶狂舞，火焰将美丽的神话播种，千家万户因而欢天喜地……

之前，我翻越了无数个春夏，一直想要证明：错过了春花夏虹，我依然能在秋天某个夜晚，透过辉煌的灯光，也领略到五谷丰登的饱满、快乐与充实；也兴之所至，充满活力，情绪激动，甚至，忍不住喜极而泣……

幸福的渴望继续延伸，生命的年轮在无形中开端，结束，再开始……

而我在泱泱中华，总想折取铿锵铁梅中的一段树枝为画笔，以一条大江之水为源源不断的翰墨，画出一个个美满的圆——以此告慰自己和美好的人间，以此留下卓越的痕迹……

而后，我也被一壶酒灌醉——当然，酒中集萃了玉米、高粱、山泉之精髓。而后，我像一条呆萌的鱼从沧桑里出来，插上一对勇敢的翅膀，遨游于浩渺的时空。而后，我在唐诗宋词间徘徊，在李白和苏轼曾经居住和热爱的四川，找到一个极佳的修辞……

而后，我也于繁华的人间行走，从容、潇洒、超然，且有幸抽取一段桑蚕丝，为自己做一件羽衣霓裳。后来，我开始自由地舒展身形——万里晴空，一轮月在我眼眸美到极致……

荷韵，明月千秋

　　从冰冷的石头里，复刻出一枚头像，一枚荷花的头像，是为生命崭新的图腾……

　　一路电光石火划开漫漫长夜，每一个落笔都痛快淋漓。与荷花相映成趣的文字也在晨曦来临的一刻，风光无限……

　　一支朱笔仰望天空，点出了如下的诗句：映日荷花别样红！

　　而后，一朵荷花的脱颖而出，千朵荷花闻讯呼应，万朵荷花纷至沓来，万万朵荷花喧嚣繁华。热而不骄，丽而不妖，它们组成一个华堂。

　　此刻，无须琼楼玉宇！

　　此刻，无须瑶台颂歌！

　　此刻，无须赞美浮夸！

　　一切美妙尽在不言中，谁也不必理会曾经的黑暗腐朽——那些束缚里，不屈不挠的灵魂总能脱颖而出——生命竟然如此奇妙……

　　何仙姑很土，但是很善良，一个传说成就得如此不经意。观音大士在莲台上瞩目人间，一不小心就发现了那个奇女子，恰似自己当年的样子，于是，心有灵犀一点通……

超度自我，超度世间苦难，一条船或许不必要，因为一朵荷花就够了。

用毕生心血，像一朵莲禅修，悠悠然抵达神魂通泰之妙境。然后，发现生命无穷的美好。

于是，刘禹锡钟情于其中一朵荷花。他写进诗词里，荷花以莲的大名，荣登大雅之堂。后来的苏东坡也由衷地感慨：一朵芙蕖，开过尚盈盈……

瞩目荷花，明月只是她的一个配饰，在她的头顶像珠宝一样，闪烁光华……

鱼群在荷花下寻找，芳菲跌落沧桑里，那些令心神痴迷的味道。龙的神魂或许也在水池里安息。找到一片龙鳞，凡间的鱼也能幸运地飞腾而起。然而，等待的过程或许更加奇特和奥妙……

历史等待了多少年，才等来了宋朝，才等来了包青天……

铁面无私，月牙如钩，那是三口铡刀的合体，只为一切邪恶之徒开启锯齿寒光。之后，明镜高悬，贫苦百姓仰望到的只是晴空万里，朗朗乾坤，月亮高悬……

于是，再长的夜，再苦的人生，再深的冤屈，都值得期待。一如峥嵘岁月，有很多事情值得期待一样。历史也不辜负众生虔诚的祈愿。众生心想事成，闭上眼睛，再睁开眼睛，一个鲜活的包龙图就出现在面前了……

从开封出来，代天巡狩，庄严神圣的仪仗队伍，向最无奈的民间开去。而最后一次巡游，包龙图便留在了人间……

龙栖地是他的灵魂归处。仁宗皇帝说了，那绝对是大宋朝最好的一块封地。在那里更接近天堂，在那里更接近人民……

或许，那是一个渡口。在那片湿地上涌现出的水体，柔情无限地撑开想象的页面。很多荷花到此安居下来，很多的莲蓬为自己的有缘人撑起华盖……

　　芸芸众生不远千万里，赶到龙栖地，看看包大人，看看新鲜的亭台楼榭，看看大宋王朝最后的神圣之地，看看湖边优雅的仙鹤。然后，许一个心愿，让一朵莲花点亮自己的心灵……

　　此后，横穿峥嵘岁月，破解一个个幽深的黑夜，一颗朴实的心，举荷为伞，风雨兼程，无所畏惧……

　　此后，在生命的长河里追寻无上的美景，一个信念必将恒久不灭——苍茫里，荷花神韵，一轮明月，光照千秋——过程中的缺圆盈亏，一如花开花谢，禅心超然洒脱……

第五辑　百感杂陈

新时代新青年

青年强则中国强！

新时代，新青年，新风貌，在雨露阳光丰厚的社会主义新中国，茁壮成长。18 年光阴荏苒，18 年气宇轩昂。梁启超先生的《少年中国说》犹在耳边回响，我们已步入崭新的千年，崭新的世纪，崭新的时代，崭新的 2018 年春天……

做奋发有为的新青年，为伟大的中华民族复兴梦而倾尽所有，为建设新时代美丽中国而倾尽所有！

这是新时代青年人的呐喊，这是新时代青年人的战斗宣言。

有此抱负和情怀，因为我们发自内心的感恩。生活在信息化和智能化的新时代，我们处在物质较为丰富的好时代，不用忍饥挨饿，而且，有很多机会完成大学学业，有很多途径成为社会有用人才，有很多空间发挥聪明才智、创造辉煌的人生。这是伟大的中国共产党领导下的新中国走在社会主义康庄大道上带给我们的恩泽、福利和机遇，一路茁壮成长，一路深深地感恩，于是，渴望为祖国和人民干一番事业，这是每一个有为青年的共识和担当。

改革开放 40 年取得的伟大成就，是我们的骄傲与自豪，也是我们学习和坚持埋头苦干精神的动力和源泉。中国城市在新时代的崛起，中国力量在新时代的彰显，中国气派在世界范围内崭露头角。40 年改革开放辉煌成就是实现伟大民族复兴的阶梯。经历过"5·12"大地震考验的中国人民以及中国青年，有必要也必将积极响应"不忘初心，砥砺奋进"的时代号召，致力于在未来的改革大潮中大胆作为，干出一番轰轰烈烈的新成就，回报祖国和人民的殷切期待和厚望。

紧扣时代的脉搏，奋发读书，完成青年时代色彩亮丽的升华，肩负历史使命和祖国兴旺的未来。我们没有任何理由懈怠甚至颓废，我们也没有太多时间沉迷于电子游戏，我们更没有太多精力迷恋沿途五花八门的诱惑。因为我们是壮志凌云的新青年，我们的成长也要紧跟党中央十九大精神的指引，为建设美丽中国、生态中国、文明中国、科技中国而积极准备和长期努力。

为伟大的民族复兴梦想而竭诚奉献，我们是炎黄子孙——龙的传人，我们是祖国的未来和希望，也是社会主义宏伟蓝图的建设者。在日新月异的时代里，我们应该携起手来，紧紧围绕在以习近平总书记为核心的党中央周围，坚持科学发展观，锻炼出强健的体魄，磨砺出坚强的意志，积累下丰富的知识和经验，做一切有利于祖国可持续发展的事情，从自己做起，从细节做起，用实际行动向人民交上一份满意的人生答卷……

伤感的芦荟

大办公室里，一盆芦荟顽强地活着。是谁买的这盆芦荟，由于办公室里的人换了好几轮了。买芦荟的人走了，芦荟却留了下来。不知熬过了多少艰辛的日子，这盆芦荟居然顽强地生长着。

平日里，我们都不怎么关注这盆芦荟，甚至都不记得是不是给它洒过一次水。当然，完全没有时间给芦荟洒水，那也只能是我们的借口而已。本来我们的工作也没有忙碌到那种没有闲暇的程度。其实，只要有心好好照顾芦荟，我们完全可以找到时间。没有我们的照料，芦荟竟然也在我们身边顽强地生长着，生长着……

虽说生活用水还算方便，但这边风大并且气候比较干燥，这是我们对这边环境的亲身体验。我们每一天都离不开水，而且，直接饮水不少于一杯。要是我们喝的水比较少，我们就会感到眼涩口干。这种情况下，尽管芦荟是耐干旱植物，但它也需要吸收阳光和水分。办公室里面倒是能遮风避雨，可是芦荟长期需要雨露的润泽；长此下去，芦荟的生存环境将持续恶化。

与往年不同的是，今年黑水河畔春雨比较多，于是，四周荒芜的山上竟早早地开始泛绿了。尽管如此，可怜的芦荟还是在我们办公室里过着干涸依旧的日子。这一场景被我们的总监杨保华女士看在眼里，她提议将芦荟移植到营地院子里。这一提议得到了我们大家的积极响应。因为让日渐憔悴的芦荟回归自然，吸收天地灵气，茁壮成长，其实才是对芦荟的最好关爱和处置方式。当然，营地里的物业管理单位还安排了专人养护花草。

　　很快，我们在一天晚饭后便展开了行动。我抱着有点沉的塑料花盆从四楼下来，小郭跑去变电站借来锄头和铁锹，我们的美女总监杨保华女士则打着伞找合适的地方。在营地副楼背后即通往鱼站的青石板便道旁，我们一行三人开始刨土掘坑，然后，敲碎装芦荟的塑料花盆，将芦荟从有些坚硬的泥土块里解救出来。在夹杂着石子的空地上，我们很艰难地将芦荟种了下去。

　　潇潇风雨中，我们种完芦荟，三颗心如释重负般地轻松起来。而后，我们开始期待芦荟健康生长的未来，设想它的枝繁叶茂，设想它的曼妙花开……

　　过了两三天，我们的美女总监杨保华女士满脸无奈地对我讲，告诉你一个坏消息。我问她什么坏消息，我一头雾水。她说，那天我们一起栽的芦荟，今天我跑去看了，两片最大的叶子被人挖走了，剩下两片最羸弱的叶子，这真是太可悲了。听到这个消息，我的心也一阵透凉。也许，芦荟都还没缓过神来就遭到一只黑手的洗劫，而且，这对芦荟的生长来说是毁灭性的打击。

　　怎么会这样呢？怎么会这样？

　　也许，这本是一件平常的事情。可是，我们怎么也没想到事情会变成这样。我们种芦荟本来是多么有意义的一件事情呀，为什么会有一个无聊的家伙要撅断芦荟的生路和未来呢？

　　人心呀，真是难以捉摸……

做个"被需要"的人

　　岁月是河流，我们是河里的鱼儿。我们需要河流，河流需要我们，我们这些鱼彼此也是彼此的情感需要。物质生活满足我们的需要，我们要满足社会发展的需要。肩负文明的使命，传承悠久的文化，将民族精神发扬光大……

　　承载着父母的期待和梦想，我们成长，努力拼搏。一路风雨阳光洗礼，我们昂扬向上，努力开创自己的光明未来，父母需要我们以优异成绩回报他们的含辛茹苦，祖国和人民需要我们展现出青年人应有的风采和希望……

　　我们从小学到中学到大学，一路走来，不断融入陌生的环境，从不适应到适应到熟悉到情感上的彼此相依。深深的存在感，让我们成为彼此生活的一部分，在需要与被需要之间，努力将自己锻炼成社会需要的人才，有学识，有理想，有诚心，有态度，有作为……

　　融入社会，我们要继续做"被需要"的人。先前，我们是班集体的一部分，是家庭以至民族精神传承的一部分。而后，作为社会有机体的一分子，我们是社会需要的力量。重新定位自己这个多元一体以及多维一体的社会元素，社会需要我们有担当、有魄力……

站在红旗下，我们可以自豪地说：

祖国需要我们，像鲜花一样华丽盛开！

人民需要我们，像英雄一样肩负起伟大的梦想！

公司或单位需要我们承担具体的工作，为集体带来荣誉！

我们的家庭需要我们，作为家庭系统的脊梁，供养父母、孩子，努力打造和谐稳定的社会单元！

我们的亲朋好友需要我们义气、热情、开朗，乐于助人……

我们有着非常多的事情需要去完成，我们不仅仅是我们自己，索取与奉献集于一身。若我们被社会抛弃，没有人需要我们，那么，我们就是无用之人，没有存在感，也就没有价值可言……

改善环境，创造财富和价值，而社会越是需要我们，我们也就越有价值。我们越有发挥空间，也就越有成就感……

毫无疑问，被社会越来越广泛地需要，这样的我们生命价值才能最大化。为了成为社会大众欢迎之人，我们需要时刻保有一颗虔诚上进的心，不断提升自我道德修养和学识水平，历练专业技能，掌握人生前进的正确方向……

在正确的思想方针指引下，我们致力于成为社会可持续发展的重要力量。于家庭、于单位、于国、于民、于社会，我们都是幸运且重要的部分……

一如我们对社会的需求一样，我们发自内心地为建设美丽中国而奋发努力。我们通过学习社会文明楷模和先进典型不断提升自己，致力于为美化环境、打造伟大时代重器，建立卓越功勋。如此，我们才能不辜负大好的青春年华……

煎

　　冒着凄冷的江风走下南桥，不经意一瞥南桥上游，我竟发现悲哀的一幕：

　　滚滚江涛之上，钢绳紧紧拉扯着木筏。木筏之上，拴着一只公鸡和一只鸭子。由于它们离得很近，公鸡无法摆脱鸭子的不停撕咬，一面咯咯乱叫，一面扑腾着翅膀。在它们前面是汹涌的岷江水，在它们后面还有一把气枪在瞄准。它们谁将首先成为靶子，我不知道。但我知道，它们都是靶子，无论先后。它们先后被击毙，再分别成为某人盘中的佳肴美味，落得最可悲的下场。

　　然而，面对流血和死亡，公鸡和鸭子无知无畏。在逃生无望的情况下，它们无休地争执，纵然同命相连却不忘争强斗狠。谁强谁弱，都是某人眼中的一场闹剧。强弱之争，在生命面临绝境的时刻，毫无意义。

　　古诗有云：本是同根生，相煎何太急……

　　我的脑海里强烈地出现一个字——煎。煎这个字，在岷江上成为一个动词，在公鸡和鸭子之间显得很贴切。它们可不可以不争，公鸡落入了下风，鸭子可不可以放下仇恨？

或许，没有人提醒，提醒也没有用，鸭子已然听不进。呼啸的风中，鸭子不知疲惫，直到流尽最后一滴血……

相对而言，人类要明智许多。然而，我也听闻过同胞兄弟姐妹禁不住外人挑唆，终于闹得脸红脖子粗甚至头破血流，依然不知背后仇者快而亲者痛。人类在兄弟姐妹自相残杀的时候，其行为与扁毛动物无异，其结局都无比悲惨。在临死的时候，窝里斗的人们还不知道醒悟。

既然是同一根绳子上拴的蚂蚱，省点相互仇杀的力气，多花点工夫寻求救赎，岂不是更有意义。牲畜没有自知之明，尚可理解；人要是丧失了起码的自觉，岂不是太过悲哀？一窝生的两只小鸡仔在互啄的时候，第三只鸡仔出来武力调停，如此情形也屡见不鲜。而人有时候却劝不住……

世界应该是美好的，可是局部的战乱依然存在。正如人与人之间发生矛盾一样，战乱给宁静祥和的生活带来许多噪声、许多遗憾。仔细想想，人与人之间，国与国之间，和平共处，皆大欢喜多好。

同生于一个地球，大家和谐相处，这是上天的本意——没有血腥杀戮，没有欲望争夺，没有恃强凌弱，芸芸众生的世界里没有痛苦和煎熬，每一天都过得充实美好……

河殇

一条小河流经我的村庄，于是，我的村庄成为鱼米之乡。可我不曾探寻，那一河清莹莹的水源于何处，流经了多少个村庄，又流向了何处。尽管那条河抚育了我和我的村庄，但我并不曾关心过那条河。甚至，我对那条河知之甚少。那时候，年少的我只知道在河里嬉戏，并且知道河里有很多鱼。此外，天旱的时候，人们在断流的河床刨出一个大坑，刨出地下水，用水泵抽来灌田⋯⋯

原本，包括我在内的沿河居民应该心怀感恩并真心爱护那条母亲河的水流。然而，我们中间好像没有一个不是不肖子孙。

我们在河滩里洗澡，我们在深潭里抓鱼。同饮一河水，鱼在水中繁育，我们这些人在岸上行走。鱼从来不祸害我们的庄稼，可我们却贪婪取鱼。我们先是徒手抓鱼，然后便是垂钓于岸上，再则以网隔河——上下来往之鱼尽都落入人手，再则以雷管加炸药包往河里扔以致大鱼小鱼顷刻丧命，更有狠心的人往河里倒下鱼塘精之类的毒药——鱼虾因此遭来浩劫，并令河滩因鱼尸腐烂而恶臭熏天⋯⋯

如此取鱼，我们并不后悔。后来，河中的鱼从先前多如繁星变得无鱼可取。可我们还不死心，还要到河里取鱼。显然，我们并不承认错误——我们似乎变得贪得无厌了。

扪心自问，我们有何权力如此大肆掠夺鱼的生命权。由于贪婪，我们不再善良；由于无知，我们已愧对母亲河。我虽然只是到河边垂钓取鱼，但是，不少鱼仔终究也命丧我手。我多次让那些鱼仔疼痛并且缺氧窒息而死。同时，我也无从阻止三番五次的鱼虾浩劫。显然，鱼虾之死，我们漠不关心不说，甚至，幸灾乐祸。

我们对母亲河没有丝毫的敬意。我们在河中取水，我们在河中肆意捕鱼，可是，我们中间有人将死猪死狗纷纷献给哺育我们的河。最让人悲愤的是某一年村里闹猪瘟，并且，连日天旱，河水即将断流，竟然有人将死猪弄到河滩水流中。一时间，阳光如火的河坝里，腐臭难闻。不知猪瘟源于何处，我们都应该将死猪深深地填埋，又怎么忍心将病毒流传下游。我们放任恶性循环的悲剧发生和延续，我们这些人或者愚昧无知，或者冷漠无情，或者心肠狠毒，或者胆小怕事。

我们如此对待自己的母亲河，我们悲哀到如此地步。当然，我们的丑陋、私心和贪婪远不止于此。

如果我们知道自己房子下面有宝贝，那么我们会不顾一切地将前辈造的房子翻个底朝天也在所不惜。即使我们没有十足的把握，确认放地下的宝贝真的存在，我们也会因为一个传言或者主观臆断，做出匪夷所思的事情来。

有一天，有人在河坝里发现了黄金。于是，先前只会沿河开荒造地广种薄收的人们，忍不住到河里忙碌起来，翻动那些河沙。很快，那些人不满足于河边淘沙。于是，一些人开始冒着生命危险往地下钻。一来二去，河道上便有了一个又一个的大坑，同时，沙砾堆成了一座座小山。尽管一个个都乘兴而来，折腾数日后又扫兴而去。可是，执着的人们甘愿将母亲河弄得千疮百孔也要找到黄金。

我们的母亲河除了忍气吞声之外，又能拿我们这些不肖子孙怎么样呢？也许，只有到了某一天，我们一无所有，山穷水尽，并且把我们的家园搞得一片狼藉时，才能醒悟：

我们原本都是善良的孩子；

我们原本知道知恩图报甚至滴水之恩当涌泉相报的道理；

我们原本知道，勤俭持家，勤劳致富……

第六辑　壮语豪言

昂扬少年心

题记：2018 年夏天，以一个即将高考的少年人的身份写出心中感想……

身为少年，我在象牙塔里畅想。

泱泱中华，我的祖国，五千年文明。而在 2018 年 5 月，我也正值青春少年，求学、上进、成长……

回望悠久的历史，我又听见一颗昂扬少年的心在神州大地跳荡。龙的子孙，龙的气魄，龙的荣耀与骄傲，一同在我的脑海里百转千回……

梁启超先生说：故今日之责任，不在他人，而全在我少年。少年智则国智，少年富则国富；少年强则国强，少年独立则国独立；少年自由则国自由，少年进步则国进步；少年胜于欧洲则国胜于欧洲，少年雄于地球则国雄于地球……

伟大领袖毛主席说：世界是你们的，也是我们的，但是归根结底是你们的。你们青年人朝气蓬勃，正在兴旺时期，好像早晨八九点钟的太阳。希望寄托在你们身上……

踏着伟人的足迹行走，在美丽的中华大地。在春光无限的季节里徜祥，朝气蓬勃四个字格外让人兴奋。我辈少年正是新时代中国大观园里的草木，饱受阳光雨露的滋润，挺拔峭立，开花结果，成为栋梁之材，不辜负祖国和人民的期待，不辜负大好的青春年华，不虚度人生最宝贵的一段美好时光。

唯有如此，我们才能肩负起历史传承的重任；唯有如此，我们才是真正的中华少年。正在校园读书的我们，依稀记得"为中华之崛起而读书"。而今，我们就要从高中考出来，升上某一所大学，将自己锻炼成社会有用的专业技术人才。

祖国需要我们，人民需要我们……

我们的生命里不止有我们自己，我们的生命里有大千世界，有泱泱中华伟大复兴的梦想，有滔滔不绝的壮志豪情……

想到这些，我的内心猛然一沉。如此重要的少年时光，我怎能让它们匆匆流逝。而今，我也站在改革开放四十年伟大成就奠定的光辉时间基础点上，迎接更加辉煌的未来。我还能迷恋我的智能机吗？我还能迷恋五花八门的电子游戏吗？我还能在繁华的大街上到处游荡吗？我还能痴迷于风景名胜的诱惑吗？我还能若无其事地玩味花鸟虫鱼吗？

我……我需要深刻反省，而后，重拾昂扬少年心——刻苦求学，以卓越的成绩向父母、向关心我成长的师长交上一份满意的答卷；做祖国和人民喜闻乐见的美丽小花，做充满期待的有为少年……

民族英雄岳飞说：莫等闲，白了少年头，空悲切！

那首《满江红》在千年以后的现代依然是壮怀激烈的律动，让人热血澎湃。此刻，我再次想起梁启超先生的《少年中国说》之结语：天戴其苍，地履其黄。纵有千古，横有八荒。前途似海，来日方长。美哉我少年中国，与天不老！壮哉我中国少年，与国无疆！

而今，站在历史崭新的起点，翘首未来，滔滔长江黄河入梦来，巍巍泰山挺起民族的脊梁。而今，少年的我也由衷地向未来的光荣与梦想大声地呼喊：我来了！

回眸十年

站在 2018 年 5 月，明媚的高原蓝照耀着我的身姿，青青的草木、粉红的山花，用心诠释着幸福的含义，从卑微到卓越，从卓越到更卓越……辉煌灿烂的愿景，指引如水的时光踏着岷江追梦的脚步激情致远……

站在 2018 年 5 月，回首峥嵘岁月经历过的十年光阴，回到那个地动山摇的时间点——2008 年 5 月 12 日 14 点 28 分。可怕的煎熬，在午后，在明晃晃的阳光下，将人心折磨得心力交瘁。无疑这是一段被刻意放大并因此而变得尤其漫长的时间。

那一刻，我在江油新安。我简直不敢相信自己的眼睛和耳朵。而"地震"二字突然从我遗落已久的教科书里跳下来，然后，异常激烈地跳荡。我简直不敢相信自己会经历这样一场强烈的大地震。

那一刻，我和我的父母被迫从新修的小楼房里逃出来。在家门口对面的地坎上，目睹砖墙和窗户玻璃摇摇欲坠，灰色的瓦片窸窸窣窣往下掉。我感觉自己正坐在一台老式拖拉机上，被疯狂地颠簸着，奔向未名的远方。

那一刻，我陷入慌乱和恐惧中。我们家的新房子在2006年春才修好，正在盼望着挣些钱做一下装修。可是两年后，就发生了这样可怕的大地震。我家的房子处在极度危险中，我的父老乡亲的房子也处在惶惶不安中。附近一些土墙房子倒塌了下来，随即冒起滚滚黄烟。如果我家倾尽所有建起来的房子就这样倒下了，我们一家人该何去何从呢？

那一刻，我除了担忧就是默默地祈祷，祈祷大神降临人间，抚平大地的狂躁不安……

那一刻，我努力抓紧地面上的小树苗，以更紧密的方式与大地同在。如此，我似乎才有更多的安全感……

等到手机和电视终于有了信号，时间已是晚上。电视上传来关于这场大地震的消息，而从外面避难回乡的人讲述着各种惊心动魄的事情。震中汶川，震级8.0，都江堰、北川、青川等地受灾尤其惨烈。我所在的江油新安，算是不幸中的万幸，遭受到的冲击相对较小——我家新修的楼房并没有倒下来，铝合金窗户还在，只是瓦片飞了个七零八落，地面一片狼藉；周围老乡们的楼房有些有了裂缝，但房子依然坚挺着，没有坍塌下来；部分土墙房子倒下了，所幸没有发生重大人员伤亡……

山崩地裂的场景发生在汶川、北川、青川这些特重灾区。大地被活生生地撕开了巨大的口子，裂隙深不可测；两座山硬生生地碰在了一起；巨大的石头分崩离析；唐家山堰塞湖成为一个巨大的威胁，直逼江油、绵阳……

我不敢面对那些最危险地带惨烈的场面，不敢聆听无助的哭喊。血泪斑斑的场景，让任何人都会情不自禁地悲从中来。作为生活在巴蜀大地中经历了大地震的幸运者，我除了庆幸自己活下来，再就是默默地祈祷世界从此安宁……

2008年5月12日地震发生后，很长一段时间里，我们家搭起了地震棚，楼房里不敢待了。吃住都在竹席搭成的地震棚里。在低矮的地震棚里，一家人挤在一起，一起经历后来持续不断的余震，经历蚊虫叮咬，经历一波波突如其来的心悸，经历火热的阳光和风风雨雨……

在稍稍平静下来以后，我们还要忙碌于收割麦子、油菜，还要准备插秧和播种玉米。在这最忙碌的时节，老天让人不得不闲下来；可是刚一闲下来，布谷鸟的叫声又将人催促着——快种——快播……

震后，农事不能荒废，这是作为农民的生存本分；震后，家园修复重建，这是作为人的生存本分；震后，作为灾民首先想到的是不等不靠，自我复苏……

震后，刘欢的一首歌《从头再来》唱出了很多人的心声。在这曾经风景如画的巴蜀大地，无论城市和山乡都面临着一场艰苦的家园重建和精神层面的振作。胡锦涛、温家宝等党和国家领导人深入地震重灾区，深入汶川映秀，深入北川，深入唐家山，与灾民同在。此刻，全国人民更紧密地团结在一起了。久居乡下，曾经磕磕碰碰的邻里之间也在地震后变得亲切了起来，所有过节恩怨被强大的民族凝聚力和人性美好的一面消融……

随即，党和国家对灾民的关怀和帮助接踵而来——河南对口援建江油。来自中原人民的救灾米粮、方便面、饮料、药品、衣物下乡了；受灾群众领到了生活补助；救灾帐篷发放到特别困难的农户家里；人民子弟兵走在了人民群众中间，无偿为人民群众排忧解难；为地震重建房屋设计图纸，建房补助以较快的速度到了基层——重建美好家园的行动迅速展开。

顶住钢筋、水泥、红砖、人工紧缺和物价飞速上涨的巨大压力，我的父老乡亲纷纷从土墙的残砖断瓦中建起了砖混结构的新房子。农村面貌在震后，发生了翻天覆地的巨大变化。我所在的村子重新走在社会主义康庄大道上。

十年之后的今天，我所在的村子已经成为四川省文明村，实现了村村通水泥路，农村房屋改造完毕——几乎都是砖混结构楼房在乡野星罗棋布，农业公园建设也展现出全新的面貌和活力，杨梅、草莓、蓝莓以及蒙古风情园，成为南来北往的游客赏光采果好去处。京昆高速从新安穿过，像一条长龙引领着我的父老乡亲通往广阔的未来世界。

2018年5月，又是一年初夏，我从十年回眸中转身。我从土生土长的故乡走出来，我的父老乡亲也从土生土长的故乡走出来，通过京昆高速去成都、北京、上海、深圳。诗和远方不仅仅是梦想。此后，迎着信息时代浪潮昂首行进，我们有足够的信心在十九大精神和习近平总书记的指引下，创造更加幸福的未来生活，向关心和支持地震灾区重建的社会各界爱心人士交上一份满意的答卷，竭诚助力中华民族伟大复兴……

不忘初心，砥砺奋进

春花红颜黯然落下，一片片带着血泪，遁入苍茫……

风雨飘摇的夏天，悲愤的中华儿女何去何从？列强环视，内外交困，龙的子孙在水深火热中苦苦挣扎……

维新变法，戛然而止。戊戌六君子倒下去，鲜血流尽……

罂粟花妖艳盛开，西方恶魔在花中狞笑。毒烟弥漫，东洋鬼子的铁蹄践踏着中华残破的河山，中华民族的尊严被无视。轰隆的炮火，疯狂地残害着无辜的炎黄儿女……

一顶东亚病夫的帽子好沉、好沉……

1911 年辛亥革命，孙中山先生带领国人推翻了满清王朝……

1919 年 5 月，青年学子用热血谱写一曲壮歌，呐喊响彻中华大地。沉睡的中华民族在逐渐觉醒……

1921 年 7 月，悲怆的中国迎来一次关乎命运的重大抉择。浙江嘉兴南湖，美丽的红船上，巨人们悄然握手……

高举熊熊的火炬，砥砺奋进……金色的镰刀与金色的巨锤铿锵和鸣，电光石火间，紧密联系在一起。巨大的民族向心力，凝成追逐梦想的伟大动力……

中国共产党诞生了！

中国人民看到了复兴的曙光。从风雨无常的 7 月出发，鲜血染红的镰刀铁锤旗引领中华儿女奋勇前进……

团结最广大最困苦的工人和农民，展开气势恢宏的图腾。滚滚烟云在溃散，久违的艳阳重掌朗朗乾坤。奋勇无敌的镰刀和铁锤，做了改变命运的卓越工具……

镰刀挥舞的秋天，收割属于自己的庄稼；铁锤高举，打造属于自己的工业文明现代化……

告慰祖先英灵，为青春加冕！7 月，红色的元素作为华夏主题，为最广大的底层人民谋幸福，全心全意为人民服务，言出必行，行之必果。中国共产党奏响时代的最强音……

从如火如荼的夏天出发，迎接五谷丰登的秋大。中国共产党以史无前例的英明，从军阀列强的围困中逃脱，逐渐成长，发展壮大……

肩负解放亿万苦难同胞的历史使命，为中华之崛起而浴血奋战，创造一条专属中国人民的人间正道——不忘初心，砥砺奋进……

英雄的血肉筑起历史的丰碑，一座座威武峭立……

过雪山，过草地……越尽千山万水的坎坷曲折，草鞋完成二万五千里长征，闪闪红星为英雄的人们做证。这不是一个神话，但这又是如此的不可思议……

而后，一年年 7 月红红火火地过去了。

而后，赶走帝国主义侵略者，推翻军阀和土豪劣绅，还人民以欢呼和自由。中国人民在 1949 年金秋 10 月站起来了，中国人民以崭新的面貌重新站起来了……

伟大领袖毛主席向世界庄严宣告。浓厚的湘音将亿万人民的热情带向了历史的高潮……

　　几十年后，社会主义新中国在中国共产党的英明领导下，开创了一个又一个人类文明奇迹，曾经饥寒交迫的亿万中国人民解决了温饱问题，走上了康庄大道；曾经备受欺凌的中国迎来翻天覆地的巨变，逐渐走向繁荣富强……

　　几十年后，跨海大桥、三峡大坝、神舟飞船、高铁、动车等旷世工程深刻地影响着现代中国人民的生活……

　　伟大复兴，建设美丽中国，向世界展示更强的中国实力，为世界人民共同繁荣做出巨大贡献，彰显中国速度、中国高度、中国深度……

　　带着光荣与梦想，向茫茫宇宙长足而去……

　　在这条无限光荣与漫长的道路上继续远征。如果你困顿于闪烁的霓虹下，自足于既往的成就，甚至开始颓废和堕落，请想一想峥嵘岁月靠吃草根树皮挺过来的革命先烈，想一想他们冒着敌人猛烈的炮火带领中国人民走向艰难的胜利时刻。你想，他们的血没有白流。你想，用行动和更卓绝的创造力告慰英灵，回报祖国和人民……那么，你一定可以抵御形形色色的诱惑，杜绝肉体和灵魂的腐朽，正本清源……

　　而后，你告诉自己：不忘初心，砥砺奋进……

远方，远方……

一

曼妙的花季，我满怀无忧的童贞而来。在蔚蓝的天空下，在碧绿的草地上，在巍峨的群山之间，我快乐地奔跑……

我是一阵温婉的春风，追逐着翠绿的春潮……

我是一只灵巧的燕子，追逐着朱雀的荣耀……

我是一片美丽的云彩，追逐着七彩的虹桥……

我是一条音乐的河流，追逐着缪斯的心跳……

向明净的远方奔跑，我贪恋着远方璀璨的星星。而远方，沐浴在芳菲的阳光里，那片蔚蓝就像宁静的大海，令我心驰神往，任由我快活逍遥……

惬意的阳光，照亮我华丽的衣裙。我也像天使一样，在广阔的天地间，自由飘飞。一直深入季节无限的春光里，我向迷人的远方，一路歌唱，一路欢笑……

二

无常的风雨，在某个夏天，突如其来，将我袭扰……

火热的阳光，在某个夏天，突如其来，将我炙烤……

狂乱的风和暴戾的雨袭来的时候，我正执着地走在去远方的路上，还唱着一曲童谣。泥泞与坎坷，伴随着一次次疼痛，将我年少的身心折磨，但我忍住了喊叫。

热烈的阳光也不肯将我轻饶。太阳用它的溺爱，将我的羸弱灼烧。独自走在如火如荼的季节，我脸上的汗珠不停地往下掉。我在路上安慰自己，未来一定会更好……

穿越盛夏，人们传说中的彩虹，并未在狂风暴雨后，向我展现她的曼妙。狂风暴雨以及骄阳，肆意将我磨炼，它们要将我百炼成钢，打消急躁。向远方蹒跚而去，我想，我其实也是缪斯的荣誉与骄傲……

三

从严寒冬天的雪域高原苏醒，我重现青春的活力与曼妙。向梦想的远方走去，我又从青涩走向成熟，穿越又一年春夏，抛下一地青春的烦恼……

暴风雨尽头，阳光也终于文静下来，立在远山向我微笑。从一池碧水荷塘经过，我看见一朵莲花，在涟漪中轻轻地将秀丽的身姿摇呀，摇……

轻挽一卷哈达，我将一路尘埃沐尽，从圣洁的莲心穿过，任秋风将我的华发轻绕。一轮圆月，在我抬头望远方的时候，悠然挂上了树梢……

几颗星星也在树枝上等待，琼楼玉宇，最精彩的舞蹈。而我翘首瞩目远方，仿佛也能看见，一只美丽的蝴蝶，在如水的月华深处，霓裳仙子一样轻盈地飘呀，飘……

追梦路上

梦里花开，千娇百媚，女神含笑；梦里花开，万花争妍，芳菲无数；梦里花开，蜂飞蝶舞，五彩缤纷；梦里花开，红日蒸腾，扬帆远航……因为有梦，所以，我们寒窗苦读；因为有梦，所以，我们风雨兼程；因为有梦，所以，我们高举青春的旗帜，策马奋蹄……

我们的青春，花样的年华，因梦而生，因梦而美。我们的青春与梦想同行，我们的梦想与巴蜀同在，我们的梦想与神州齐飞。追寻梦想，我们头顶花环，无上荣光。追寻梦想，我们为了家庭的幸福和谐；追寻梦想，我们为了企业的灿烂辉煌；追寻梦想，我们为了巴蜀的山河秀丽；追寻梦想，为了我们祖国的繁荣富强……

追寻梦想，我们因而充实，因而快乐，因而自豪。追寻梦想，我们要将家庭扛在肩上，我们要将企业扛在肩上，我们要将祖国和人民扛在肩上。尽管这神圣的使命，千斤重，泰山沉，但我们年轻。因为年轻，我们其实无所畏惧；因为年轻，我们其实心高气傲；因为年轻，我们其实无所不能……

走在火红的六月，我们唱着激昂的歌，勇敢面对烈日和暴雨的洗礼。我们是五月的花海，我们是初升的太阳，我们是青春的华章。因为年轻，所以我们无所畏惧；因为年轻，所以，我们奋勇争先；因为年轻，所以，整个世界为我们敞开了胸怀；因为年轻，所以，我们思想活跃，敢于创造奇迹……

无论成败，我们总是激情豪迈；

无论悲欢，我们总是无悔无怨。

我们是如此的执着，那一份梦想。我们是如此的痴迷，那一道令人心旷神怡的风景。为了心中的梦，我们甘愿付出无数辛劳和汗水，甘愿奉献出我们的鲜血甚至生命，无畏再多的穷山恶水，无畏再多的风吹雨打，无畏再多的坎坷挫折……

我们的梦想，那是一道无比绚烂的彩虹。为了那道美丽的风景在生命中呈现，我们势必要大胆地超越所有的风雨和苦难，势必要勇敢地经历千锤百炼。或许，我们终于还是不能，遇到梦寐以求的彩虹，但我们必定也要像格桑花一样尽情绽放……

梦想昭示现实，让我们携手同行，共创美好未来。追寻梦想，我们的家庭因而幸福和谐；追寻梦想，我们的企业因而灿烂辉煌；追寻梦想，我们的故乡因而山河秀丽；追寻梦想，我们的祖国因而繁荣富强。追梦路上，年轻的我们其实就是无比亮丽的风景。追梦路上，阳光的我们其实就是无比欢乐的乐章……

追梦路上，我们的青春，山泉一样，在崇山峻岭之间流淌……

追梦路上，我们的青春，骏马一样，在雪域高原之巅驰骋……

追梦路上，我们的青春，雄鹰一样，在浩渺天空之上翱翔……

奇迹

穷乡僻壤也能孕育一朵奇葩；卑微俗人也能展现一腔豪情：只要拥有非凡的勇气……

有了非凡的勇气，钟情火焰的飞蛾或许真能涅槃成凤；有了非凡的勇气，痴迷龙门的鲤鱼或许真能飞腾成龙；有了非凡的勇气，渴慕明月的春蚕或许真能倾吐丽虹……

有了非凡的勇气，我们就不用再自卑；有了非凡的勇气，我们就可以自强自信；有了非凡的勇气，我们就可以欣然起笔，指点江山，慷慨作文。

无须千言万语，无须发表太多……

写下一部锦书就够了；写下一篇妙文就够了；写下一首雅诗就够了；写下一个正楷字就够了……

我们没有太多时间彰显给世界太多精彩。我们没有太多内容遗留给世界太多感动。或许，我们耗尽毕生心血终不能够书写出浓墨重彩的人生，甚至，我们只能无声无息地离开世界。或许，世界很容易将我们遗忘；或许，世界很容易将我们铭记。

我们不经意的歌声，我们不经意的言行，我们不经意的故事，甚至，我并不起眼的姓名以及肖像……

我们无须奢求什么。我们只有短暂而庸碌的一生。不过，我们还是应该明白：

一滴清露足以呈现鲜花的娇艳、太阳的耀眼、大海的广阔；而且，一滴清露足以映照山的巍峨、树的苍翠、鹰的叱咤……

我们只有能力托起一颗清露，而且，我们必须竭尽一生的力量。我们托起一颗清露如同我们托起一生的梦想甚至是我们的生命本体。不过，当我们以扛鼎的姿势十分艰难地举起一颗清露时，也许，有人会固执地说：

你们举起一颗巨大的珍珠——巨大的蓝宝石——巨大的星星，你们真了不起……

我们随同我们举起的清露一起升华而去时，也许，有人的目光在我们足下曾经洪荒的地带惊喜地看到：

鲜花、舞蝶、雪峰、江河、森林……

心向五月飞

越过清明，越过谷雨，五月便越来越近了。

五月渐近，青春之心渐次热烈。五月对于季节而言，很特别。五月对于人生而言，很特别。特别的五月引领我加快脚步，在春意浓郁的时间段放纵诗心，意马狂奔……

意马狂奔，奔向五月，春天向阳光纵深去，河流向春天纵深去，我也向花海纵深去——荡开明净的远方，向花朵火热辉煌的意境驰骋。夏天就要来临，新一年的五月于我，又是一个全新的成长节点。

我的情绪就要被一首青春之歌点燃——我们是五月的花海，用青春拥抱时代……我们是初升的太阳，用生命点燃未来……

五月，如歌的季节。五月，如火的热情。

五月，收获与播种同行，喜悦与憧憬同在。麦子就要黄了，油菜就要黄了，火热的阳光照得人挥汗如雨；布谷鸟一遍一遍催促我勤奋起来，收获并且播种，抓紧宝贵的时光。燕子剪开蔚蓝的天空，故乡的山花向我亲切致意……

五月伊始，取下一弯新月做镰刀，收割我的麦子和油菜。一部劳动者的欢快乐章，轻轻催熟了黄黄的樱桃，悄悄甜透了红红的草莓。

五月伊始，我也给自己套上美丽的光环。

五月伊始，我想我是大地母亲虔诚的孩子，耕耘的艰辛是生命重要的一部分，一如丰收在望的喜悦，让人情不自禁……

五月，我的曾祖父、曾祖母在麦田里收割……

五月，我的祖父、祖母在麦田里收割……

五月，我的父亲、母亲在麦田里收割……

五月，我也在麦田里收割……

五月，我由衷地道一声：我深爱的土地啊！我亲切的麦子、油菜，沉甸甸的，多么美妙动人。五月，让我们一辈一辈保持躬耕的虔诚，迎来丰收的幸运和喜悦……

五月，我也将看见我熟悉的父老乡亲尽都开始忙碌农事。我没有理由介意收获与付出的性价比高低。黄黄的麦子很重，黄黄的油菜很重，它们散发出的气息让人欢欣鼓舞……

想到这些，徜徉于收获与播种的激情与喜悦之间。我从地里站起来，挺一挺腰板，仰望五月蔚蓝色的天空，油然向自己和所有的劳动者致敬。

五月，翠绿的稻秧奋勇拔节……

五月，挺拔的苞谷玉树临风……

有什么比大地的赐予更丰厚？有什么比辛勤劳作更光荣？有什么比这样的成长过程更有意义？

亲近大地，亲近麦穗，亲近一片片禾苗的清新脱俗。一如亲近我伟大的祖国，亲近伟大的梦想。崛起啊，从一个平凡的动作开始；思维和壮举从自己的责任田开始……

我的思想在丰收与播种的美妙时刻之间自由切换，完全忘却劳动的艰辛疲惫……

隆重地翻开五月，一份爱，一份情，一份真。也向五月长情告白，我用不知疲惫的精气神，完成一首诗。豪饮一条江浓烈如酒且最精华的神魂，然后，用麦粒排列，在阳光下演练；用谷粒舒展，在高原上激情放歌……

春的诗抄

一年之计在于春！

我只抄下这一个句子。枯黄的野草，沉默的花蕾，幽禁的鱼心，一同坐不住了。萌动，破茧而出。远征，横越万山。

我要的不是繁复的意象，三两个词语或许已经足够。春天丰富的主题里，有太多的东西值得萃取和珍藏。

春像柔情的女子，拖着长长的裙，走过桃花盛开的村庄。

春像无邪的孩童，跳跃着，欢呼着，跑过了青青的草地。

春像一片雪的梦想，华丽丽地打开，蝶舞天涯，芳菲无限。

春像一个老人从清晨苏醒，重新找回年轻的感觉，浑身充满了活力。

春像一幅鲜活水灵的画卷，自由自在地打开绚丽的图腾。

春像一首歌被越来越多的生命高唱，抓紧时代的节拍，唱出心中的豪迈，如潮水汹涌澎湃。

春又有无数种更为小巧的表达。而我也是其中的一种，或为花鸟虫鱼，或为离离原上草，或为一滴水散开缱绻云烟。

我的视野极力扩展，可是再多的贪婪也是微不足道的一部分。春的华丽，春的精彩，春的欢愉，春的强劲，我无法用语言来一一描述。

春是什么？

苦思冥想，我发现春其实是一首诗——一首无比奇妙的诗。

季节将我的青春复制，我只复制了一句话。我的青春年华被树叶们抄袭，被野草抄袭，被山花抄袭。

光影交错，时光荏苒。

我或许错了。灵动于我手指的元素，它们有它们自己的梦想，它们也都卓越独立。我也只是它们的陪衬。

我平心静气，摊开一地雪。以雪白做平面，点读大地这部智能机。

随意截取一朵花，截取一棵草，截取一片叶，入诗。

随意截取一座山，截取一个村，截取一个人，入诗。

随意截取一方土，截取一块石，截取一道光，入诗。

我逐渐忘了很多文字的书写方式，我极尽心血之作，最后的成稿：无字。

浩然天地间，万里江山春如画，一只大雁拖动一条美丽的彩虹，造人间为仙境，许万树桃花开。

此刻，一个字便是多余。

此刻，谁也无力复制我心中的美好！

我把诗交给春天，我把诗交给自然，我是春天里卓越新颖的生命个体。春色将我肆意渲染。把一切的主动权交给芸芸众生，这是春自己最奇妙的决定。春天赐予大家的美妙，或为荏苒温情的华光，或为欢快流淌的河流。

而这尘世间最美妙的一刻来临，或在于一个瞬间的灵光闪现，或在于某一个清晨的突然发现，或在于某一次华丽的转身，或在于一次昂扬的翘首，或在于一次深情的眺望。

崭新的春天啊！

一切是那么的与众不同，每一天都标新立异。向春天的纵深行进，我欣然忘却了清浅的忧伤，一颗蓬勃向上的中国心，紧扣正气阳刚的时代主旋律，一路豪情讴歌，一路奋勇开拓。

梦想由此去，不辜负春的厚望……

青年由此去，奋勇开拓，锐意创造，一往无前——向着神奇去，向着美好去，向着远方去，向着繁华去……

春的集结号

始于巍巍高原的河流，御风驰骋，以龙的气魄穿越荒原，荡开一马平川。

日月星辰，飞禽走兽，花草树木，万物苍生，紧扣大地的脉搏，一起兴奋地律动，踏响春天欢快的行板。

豪迈的歌声高唱，炫动众多城市和乡村的热情，神采焕发的人们纷纷举起如花的火焰。

荒原不再是荒原，青草和野花迅速填补冬天留下的空白，而挺拔的树们也悬挂起星星一样的宝石，迎接春天的到来，迎接黎明的到来，迎接一朵万灵花的热烈奔放，迎接梦想崭新的起点。

一夜春风，拂去阴霾，吹散了云烟。

一场春雨，轻敲心扉，湿润了人间。

燕子从美丽的江南水乡折返回来，不辞辛劳，翻越千山万水，剪开卓越的道路，舒展一叶绿桑，无边无际地延绵。它们喊醒茫茫白雪，敞开博大的胸怀，敞开广阔的草场，敞开一片干净的蔚蓝。

而后，我们徜徉于春意盎然的乡野，看蝴蝶舞动百花。五彩斑斓的蝴蝶是凤凰羽毛的化身，是圣洁的雪的化身，是天女优雅的化身。与芳菲同行，我们的眼中满是憧憬，满是期盼。

　　春雷惊天动地的鼓声掠过长空，轰鸣远去。而后，一支麦笛吹奏，千万支麦笛吹奏，高天流云，人间花红柳绿，每一处都是浓墨重彩的渲染。

　　红的春梅，红的山杏，红的粉桃，白的李花，白的梨花，黄的油菜，繁花似锦，清新、羞涩、热烈、灿烂、辉煌，光影交错。它们展开无穷的想象力，极尽奢华，荡气回肠，意象万千。

　　众多追梦的鱼也与我们一起从浓浓的年味中出来，跟着舞龙舞狮的人们一起穿越惊蛰，穿越春分，穿越清明，穿越谷雨。然后，在某个春的港湾集结，庄严宣誓，抛锚启帆。

　　向春的纵深奋进——无畏疾风暴雨，无畏汹涌的波涛，无畏热辣的阳光，无畏众多的考验一同将我们铿锵的意志锤炼。同举一轮惊艳的彩虹，我们相约奔向火热的夏天。而在夏天的某一刻，一朵巨大的红莲将引领千万个莲台，从沧桑里脱颖而出，向追梦者亮出华光。届时，我们一同为诗神加冕……